Tu n'es pas parti sans laisser d'adresse

ISBN : 978-2-8132-3214-4

www.editions-tredaniel.com
info@guytredaniel.fr
www.facebook.com/tredaniel.reflexion
@tredaniel_reflexion

TINA CRISTIANI

Tu n'es pas parti sans laisser d'adresse

Guy Trédaniel éditeur
19, rue Saint-Séverin
75005 Paris

M E R C I

À Yves, qui a suivi ma route
À André, pour sa qualité d'écoute
À mes parents à qui je dois tant
À Myrtille, de m'avoir pardonné
À Brigitte d'être là à toute heure, comme ma sœur
À Marion d'avoir fait avec moi le choix de nous aimer
À Patrice, mon cousin médecin qui ne fait que du bien
À Philippe et Martine pour tout ce qu'ils déploient
du fond de leur poitrine
À Francis, l'homme providentiel, ami de Guy Trédaniel
À Guy et Claudia qui m'ont accueillie dans leur librairie
comme une enfant chérie
À Marie d'avoir offert à ce texte son habit de lumière
À Andrée qui a pris la photo avec cet œil du cœur
qui rend le monde si beau,
À Christian Bobin qui m'a pris par la main
pour toucher le divin
À Francis Cabrel qui m'a tendu sa plume
pour grimper jusqu'au ciel
À Annick, ma complice *in extremis*
À la vie qui ne cesse de m'apprendre
À mon fils qui ne cesse de me surprendre
À Jérémie, qui aura tout permis…

MERCI

À Hervé, et à tout ce qui est
D'être venus à moi à visage découvert,
Et de m'avoir serrée dans vos bras de lumière.
Vous me faites danser sur votre impermanence,
Au rythme cadencé des joies et des souffrances.

C'est à votre unité qu'aspire ma différence,
Non par ma volonté mais par votre Espérance.
Dans le manifesté j'ai voulu me connaître,
Mais mon humanité a fermé les fenêtres.
Vous m'avez éclairée par le faisceau du maître...

MERCI

Merci bel univers pour toutes vos offrandes,
Au fil de mes prières je tisse vos guirlandes.
Par le bien, par le mal, c'est en illusionniste
Que vous ouvrez le bal, coquetterie d'artiste,
Pour que rires et sanglots se battent dans l'arène
En lever de rideau à la conscience humaine.

Mais que le magicien pénètre sur la piste,
Et vous faites butin de tout ce qui existe !
Par le rire, par les pleurs, vous me comblez sans cesse
À crier vos ardeurs sous mes pas de déesse.
Et je vous applaudis, et je ris du spectacle,
Quand le ciel me séduit par la cour d'un miracle.

M E R C I

Merci à vous mon Dieu qui n'êtes pas aux cieux.
Je vous nomme Énergie, Amour, Conscience, au mieux
Je vous rêve cosmique au flanc des galaxies.
Mais vous serez quantique demain, je le prédis,
Par cette symphonie que répand la lumière
De l'espace infini jusqu'au grain de ma chair.

Vous avez tout rempli de secrets, de mystère,
De beauté, de magie dont on ne sait que faire
Tant qu'on n'a pas compris qu'on est dépositaire
De cette féerie ! Je peux tout foutre en l'air,
Adieu ma penderie ! Des habits de lumière
Aujourd'hui se sont pris dans le grain de poussière
Que je suis.

M E R C I

Merci les anges,
Doux passeurs de silence, baladins de l'étrange,
Qui déposez la chance aux tissus de nos langes.
C'était vous ce jour-là qui battiez la mesure
Pour les choses d'en bas, c'était vous, j'en suis sûre !

L'hiver se disait las, et le printemps fidèle
Venait prendre sa place au nid des hirondelles.
Et moi, telle une reine honorée par les dieux
J'allais prendre la mienne derrière des volets bleus.

Et là, devant ma porte, au milieu des pâquerettes,
Je reçois le jackpot : un bouquet de violettes.
Leur couleur de prélat avait ta préférence
Par les jours de gala au jeu de l'élégance.
Cousue au pantalon pour tes habits de scène,
C'est en fil de coton qu'elle vêtit notre hymen.

Ce bouquet improbable en ce lieu de passage,
Sous son visage affable est un doux témoignage.
Je sais que tu es là, insoumis de bonheur,
Riant comme autrefois entre ces quatre fleurs
Sous ta cape à malices dont tu couvrais ton âme
Offerte en sacrifice aux morsures de nos flammes.

Ce comité d'accueil en cette terre promise
M'invite en un clin d'œil à croire en ton église.
Un genou qui se plie, une main sur le cœur,
En cet instant béni, pour moi, tu t'es fait fleur.

Merci à tous les vents. Merci, mon bel amour.
L'hostie que tu me tends par ce gant de velours
Me dit qu'ici m'attend ma grande histoire d'Amour.

C'est là, derrière cette porte, que s'est écrit ce qui suit.

J'ignorais encore que j'avais rendez-vous… avec vous !

Ce sont nos morts qui allument les lampes de la vie.
Sans eux nous ne verrions plus rien.

Christian Bobin

Sommaire

On peut traverser la vie
En dansant comme une abeille
Ou en rampant comme un serpent.
Quoi qu'on fasse le soleil
Rayonne à chaque instant.
Tandis que la lune, elle,
Brille de mille façons.
Nous sommes juste comme elle,
Par notre position
Nous devenons caillou
Ou éclat de lumière.
Car l'homme a ce travers :
Il peut souffrir de tout,
Et même de son contraire.
Il peut rester debout
Écrasé de misère,
Ou se plaindre à genoux
De maux imaginaires.
Quelles que soient ses blessures
Il renvoie la lumière
Au choix de sa posture.

1

C'est écrit noir sur blanc

Je trempe un pied dans l'eau de la piscine. Elle est froide. Glacée comme une belle effarouchée. Le pied se gèle, revient sur la margelle. Le bain du soleil est bien plus facile et c'est lui qui m'entraîne vers une courte idylle. Je l'accueille comme un ami très cher. Un proche parent parti depuis longtemps faire le tour de la terre...
Par quels détours improbables la vie vient-elle me déposer ici aujourd'hui ? C'est une drôle d'histoire qui a commencé trente ans plus tôt sur un court de tennis. Tu étais en tête de tous les hit-parades avec une chanson qui allait devenir mythique : *Il est libre Max*.
Moi j'avais fait la une de *Tennis de France* avec Yannick Noah cinq ans plus tôt. Tous les amateurs chevronnés de terre battue me connaissaient bien, au moins de réputation.
Nous avons commencé par un double mixte. Trente ans plus tard, l'écho des petites balles jaunes se répand par le chant des cigales. En plein cœur d'un combat sans merci,

nous sommes invités à passer deux jours dans un superbe mas provençal.
Si j'étais une gamine, je me prendrais volontiers pour Romy Schneider dans *La Piscine*. Mais j'ai la cinquantaine, et il faut bien se rendre à l'évidence: c'est un peu tard pour jouer les femmes fatales. Quand bien même: pas le moindre Alain Delon à l'horizon...
La position horizontale me démange vite. Mon corps peu habitué s'en agace. Il y a tant à faire du matin jusqu'au soir, du soir jusqu'au matin. Nous jouons le jeu décisif et c'est moi qui sers depuis que la médecine nous a abandonnés.
À moins que ce soit nous qui l'ayons quittée...
«Nous allons vous guérir, monsieur Cristiani!»
C'était il y a deux ans, juste avant ton opération. Avec leurs tours de passe-passe entre promesses et menaces, ils t'ont ramené en enfance. Mais c'est ce que tu voulais au fond. Une maman qui te rassure. Ils t'ont raconté des histoires pour te faire croire qu'ils étaient les plus forts. Mus par cette vanité d'avoir du pouvoir sur ta vie, sur ta mort. Et toi tu les crus. Cela t'arrangeait bien, au fond, de signer leur décharge et de les laisser faire. Tu pensais t'en sortir à peu de frais. Une ruse de bistouri et le tour serait joué. Tu reviendrais prendre ta place sur ta petite paillasse et tout continuerait comme avant.
Tu as bien failli ne pas revenir du tout. Une bactérie ennemie fut désignée coupable. Pour la démasquer,

on a un moyen imparable aux soins intensifs: la biopsie. La dernière en date t'avait fait vomir de peur et de douleur. «Ne les laisse pas faire! Je n'y survivrai pas!»
Tu étais si sûr de toi que seule la vérité semblait pouvoir sortir de ta bouche. Nul ne s'aventurait d'ailleurs à te contredire sous peine d'être mis minable en quelques mots. Tu trouvais toujours le dernier pour nous soumettre. Mais les mots sont en berne sous un masque à oxygène. Alors tu te rabats sur le langage des signes. Ta main réclame un crayon et du papier. Par miracle, j'ai tout cela dans mon sac. Tu écris de travers, un peu n'importe comment, mais c'est facile de décoder: «Biopsie = mort». Nul ne semble ébranlé par cette menace. Il n'y a que moi qui flanche et retiens de ma main le cours de l'avalanche. Je la rive à la tienne comme un rempart à ta propriété, bien décidée à ne pas la vendre à ces «charcuteurs» de malheur.
Ils sont venus à l'aube. Comme des voleurs. En quelques secondes d'une attaque ciblée sur le flanc de la peur, ils m'ont retournée comme une crêpe. Ils connaissent bien la recette, les grands chefs de service: deux ou trois arguments pesés sur la balance de l'honorable science déjà bien mélangés au spectre du danger, une pincée d'espoir pour relever le tout, on pétrit bien la pâte d'une main diplomate et on vous roule dedans. C'est très facile. La gueule enfarinée, vous n'avez rien à dire qui ne fasse sourire. Alors je ne dis rien. Et, pour eux, c'est du pain...

bénit ! Nos deux mains se décrochent sans résistance. Je sais qu'ils ont gagné sur mon tas d'ignorance…
Quand je te vois disparaître sur ton brancard, happé par un couloir, je suis loin d'être certaine de te revoir vivant. Ce fut notre premier coup de dissident sur le pan du carcan sans appel de la médecine officielle.
Nous étions méfiants. Pas vraiment convaincus.
Ce jour-là, nous avons plié. Et tu as survécu.
Deux ans plus tard, on ne parle plus du tout de guérison. De rémission, pas davantage. On n'essaie même pas de me trouver comme otage. Inutile manœuvre. L'arbre tient à peine debout. La preuve : tu es prêt à tomber sur le coup. C'est le cœur qui lâche en premier. Et puis tout s'enchaîne. On ne nous dit plus rien, jusqu'au jour où on comprend sans qu'il soit besoin que les choses soient dites.
« On va vous faire une petite radiothérapie. Et puis aussi une petite chimio dans la foulée pour bien nettoyer. Il faudrait commencer dès que possible, monsieur Cristiani. »
On nous met la pression. Pas le temps de réfléchir. On emploie à dessein le mot « petite » pour couvrir de mignardises une énorme traîtrise. Pour un peu, on s'imaginerait l'heureux bénéficiaire de soins gratuits dans quelque centre de remise en forme !
« Approchez, doux agneaux ! Venez chercher votre gros lot ! »
En un sens, c'est peut-être mieux. Ne rien décider. Ne pas penser. Laisser faire. On est si rassurant sur cette galère.

On vous prend la main, on vous dorlote. Surtout on vous ballotte, de soupirs en silences jusqu'à la dernière note. Les maîtres du ballet, si j'ai bien compris, n'ont pour chorégraphie qu'une danse macabre à jouer sous ton arbre. Un *bis repetita*, à cet endroit-là, pour les blouses blanches, ça s'écrit en noir et en double croche ! Ça va vite ! Très vite ! Vers où que je me tourne, c'est le même son de cloche : deux mois, trois mois tout au plus…
Alors pourquoi prendre la file d'attente dans une queue qui serpente jusqu'au grand saut final ?
« On prolonge un peu. Et puis, nous traitons la douleur. C'est déjà pas si mal… »
Tu es prêt à prendre ton billet pour cet aller sans retour lorsque ton fils, à son tour, recule un peu la tombe. Quinze années qu'il est parti, ton Jérémie ! Ni fâché ni blessé. C'est juste un sans-papiers à l'autre bout du monde. Un grand trou dans ta vie, un puits sans fond par où ton cœur s'assèche et se réduit avec le temps à la peau d'un chagrin. Et voilà que le puits d'un seul coup se remplit…
Jérémie a découvert une substance qui guérit le cancer du poumon. Un champignon rarissime, que l'on trouve sur les cimes des plus hautes montagnes. Il me conte une histoire pour les petits enfants qui croient au Père Noël. Par hasard, il vient de rencontrer quelqu'un qui a voulu faire commerce de ce remède miracle. Un fou furieux parti avec son sac à dos défier un Everest ou un Himalaya. Il est allé cueillir ces champignons magiques, et puis il est

redescendu pour les vendre à prix d'or. Mais voilà qu'en chemin des brigands l'ont troussé. Il ne peut plus lancer sa petite affaire. Il lui reste tout juste de quoi soigner un proche ou un ami malade. C'est à ce moment-là qu'il tombe sur Jérémie. Quelle aubaine que ce nouvel ami ! Il est prêt à lui céder pour une misère le reliquat de son trésor perdu. Mais le plus étonnant dans l'histoire, c'est que Jérémie s'imagine que je vais gober tout ça...

Bien sûr, j'y crois ! L'histoire est trop belle. Il faut la colporter et lui donner des ailes ! J'ai envie de chanter, de crier sur les toits cette grande nouvelle : tu seras sauvé par l'amour d'un fils.

Le lendemain, je viens déposer cette fable sur ton lit d'hôpital. En quelques mots, tu as compris. Pas besoin d'en rajouter, tu es parti :

« Eh bien, moi, j'y crois, à son champignon ! »

Ce sera le point de départ de notre course en solitaire. De l'espoir, de nos peurs, nous ferons notre affaire. Nous garderons nos droits sur nos terres.

Le champignon sera bientôt suivi d'une horde de petits et de grands compagnons. De semaine en semaine, de bonbonnes en flacons, d'espoirs en désillusions, les potions magiques seront bientôt si nombreuses que nous n'aurons plus assez des vingt-quatre heures de la journée pour les absorber toutes. Sans oublier les doutes...

Aujourd'hui, six mois plus tard, nous avons déjà dépassé le cap des meilleures espérances. Nous nous battons seuls contre tous, et surtout contre ce crabe qu'ils n'ont pas arrêté, comme promis, et qui n'en finit pas, dans un sursaut vengeur, de resserrer ses pinces sur notre apesanteur. Il a déjà tout pris: nos jours, nos nuits, nos rires, nos désirs, le futur, le passé, nos pensées. Il ne lui reste à prendre que les vestiges de ta lointaine splendeur. Ta colère. Et tes peurs.

Ici encore, au bord d'une eau transparente, l'étau ne lâche rien. Je scrute. J'observe. J'invente. Un signe dans la vigne ? Un message dans les nuages ? Seigneur, que faites-vous de toutes nos prières ? L'accusé de réception, il nous revient comment ? Faites-vous des nuages, des fleurs et des oiseaux vos envoyés spéciaux ? En tout cas, moi, je guette. Un facteur patenté va bientôt arriver, peut-être… Et d'un seul coup, je le vois ! C'est une petite tache noire. La bestiole s'est prise au piège de l'eau qu'elle venait boire. Elle bouge. Elle gesticule. Elle est vivante. Pas pour longtemps. Elle s'épuise à chercher en vain quelque prise. Je l'entends qui crie, qui râle. Elle hurle muettement dans le concert des cigales. Un drame est en train de se jouer sous mes yeux. Dieu que la vie est fragile sur notre terre d'exil… Je n'aime pas les frelons. Ils ne doivent pas m'aimer non plus. Je les sens agités et nerveux en ma présence. On dirait que mon odeur de peur les trouble ou les offense. Celui-là ne fait pas le fier dans le paysage. Il a troqué son arrogance pour un autre langage. Il agite ses pattes en direction du ciel en implorant les vents. Mais les vents n'ont rien à déplacer. Pas la moindre brindille en ce lieu trop soigné. L'insecte a eu tort de préférer l'eau chlorée d'un trois-étoiles à celle plus triviale d'une piscine gonflable abandonnée au fond d'un jardin. C'eût été plus malin. Sur le dos de quelque intrus végétal, loin de tout tribunal, il aurait eu loisir de s'en sortir ! Mais ici, le plan d'eau est lisse comme un crâne rasé. Pas la moindre terre d'accueil en forme de petite feuille ne se propose de salir le miroir comme une poussière d'espoir. Son dernier mouvement inutile et stérile est sur le point de s'échouer comme une poussière sur la grande partition de l'univers.

À moins que…

Et si nous avions rendez-vous tous les deux ? Cette créature m'appelle et me supplie, j'en suis sûre ! Ce serait comme une lâcheté, un renoncement aux commandements du ciel que de l'abandonner à son sort. L'imminence de sa mort est plus forte que toutes mes phobies. Je n'ai plus d'alibi. Quelque chose d'impérieux me retient comme un gant de fer à cette vie qui tangue et vacille devant moi. Comme la tienne.

Alors je n'ai plus le choix. Il est temps pour moi de me mouiller jusqu'au cou. Et qu'advienne… que pourra !

« Si je le sauve, je sauverai Hervé ! »

Je sais, c'est un jeu dangereux, on a envie d'y croire. Mais on ne peut pas résister. On ne peut que dire oui à cette invitation du ciel à faire des parallèles quand elle vous tombe dessus. Vous l'avez certainement reçue, vous aussi. Et vous y êtes allé. Pas par curiosité. Par simple soumission à une autorité.

Les gesticulations de ce pauvre insecte, en tout cas, se connectent à l'endroit où l'on ne réfléchit pas. Ce n'est ni pensé ni sensé. Peut-être écrit dans les étoiles, ou inscrit dans la moelle de ce que je suis. Je ne sais pas. Je ne crois rien. Je ne suis qu'un pantin. Je laisse mon corps agir et obéir.

La feuille remplit correctement son office de canot de sauvetage. Le petit bâtonnet, d'un coup sec, vient terminer l'ouvrage. La bestiole qui, quelques instants plus tôt, déclinait encore une version originale de la danse de Saint-Guy à la surface de l'eau, est maintenant parfaitement inerte au bord de la piscine.

Bonté divine ! Je me suis mise en quatre pour cette ingrate !

Le ciel a-t-il décidé de nous abandonner ?

Je contemple un instant mon rescapé sans qu'il daigne me remercier du plus petit signe de vie. Déconfite et blessée par tant d'ingratitude, brusquement assiégée d'une sourde inquiétude, je retourne sur ma serviette.

Je ferme les yeux.

Le glas de ma défaite, au chant d'une cigale, reste un instant suspendu. Lorsque je les rouvre, quelques secondes plus tard, les dieux m'ont donné leur réponse. Le point noir, qui maculait la pierre blanche, a totalement disparu…

Tout ce que l'on fait finit par avoir un sens.

Tout ce que l'on pense, un jour, prend un autre sens.

2

Le passé est imprévisible

Notre histoire n'est pas ordinaire. Comme toutes les histoires sur la terre.

La nôtre fut lente au démarrage. Grinçante dans la durée. On a failli plier bagage. Et puis, finalement, la grâce nous a touchés.

Elle est venue comme un oiseau de printemps vient se poser sur la branche, le jour où l'arbre abandonné décide de prendre sa revanche sur l'hiver. Nous le sentions confusément : la graine était déjà en terre. Au plus glacé de la morte-saison, la promesse du bourgeon patiente. Nous n'avons vécu que dans cette attente.

Mes amies ne voyaient que la surface des choses. Elles n'y comprenaient rien.

« Mais comment il ose ? Pourquoi tu ne le quittes pas ? Il se moque du monde ! »

J'étais bien incapable de répondre.

On attendait demain. Demain, on se prendrait la main. Demain, on parlerait. Demain, on se dirait nos rêves

et nos petits secrets. Demain, forcément, viendrait. Il suffisait d'attendre que le jour se lève. On le sait bien, depuis le temps qu'il n'a jamais fait grève, « le jour finit toujours par arriver[1] »…
Je ne manquais de rien. Sauf d'amour. Mais nous pouvons manquer de tout. Sauf d'amour.
Pourtant tu m'aimais. Tu m'aimais comme on aime ses œillères quand on a fait le tour de la terre. Comme on caresse son chat, alors que l'attention est ailleurs, vautrée sur un écran d'ordinateur. Comme on choisit, sans calculer son reste, une demoiselle en pétales au milieu d'un champ : parce qu'elle est à portée de geste.
Je cherchais la faille, la secrète fêlure par où l'amour malgré nous aurait infiltré nos armures. Du réveille-matin qui ne sonnait que pour moi, jusqu'au coucher du roi auquel je n'assistais jamais, je le guettais comme une chatte affamée dans nos chassés-croisés. Mais rien ne traversait la glu du quotidien. Les moments s'entassaient sans nous tendre la main vers le ciel. Je me noyais dans les eaux des lessives, dans les liquides vaisselle. De toi, je ne voyais qu'un dos, rivé sur des pixels. Nous nous croisions sans plus nous voir. Sans plus même nous parler. Un diable de petit écran avait réussi à se glisser dans la cuisine. Il assistait à tous nos dîners et se chargeait de nous clouer le bec en train de mastiquer. J'avais fini par m'en plaindre.

---

1. Paroles issues de la chanson *Gardien de nuit* de Francis Cabrel.

«De toute façon, pour ce que tu as à dire!»
Cette flèche empoisonnée jaillie des profondeurs de toutes nos erreurs nous a fait beaucoup de mal. D'autant que je lui donnais raison. Après tout, c'était peut-être vrai. Je n'avais pas grand-chose à dire. Alors je compensais par le «faire». Là au moins j'étais à la hauteur. Je gagnais ma vie, comme on dit. Honnêtement. Avec mon énergie et de l'acharnement. Mais l'essentiel du «faire» était ailleurs. Dans toutes ces petites choses qu'une femme rassemble et distribue autour d'elle pour que la vie soit belle. Tandis que je m'agitais à mettre de l'huile et du parfum dans notre quotidien, toi tu t'adonnais tout entier aux nobles tâches de l'écriture et de la composition.
Au fond, je t'enviais. Tes créations donnaient du sens à ton existence. Les miennes agonisaient aussitôt nées dans l'indifférence de ton estomac plein. Tous les jours, je dessinais de jolis tableaux au creux de nos assiettes. Je mariais les saveurs au spectre des couleurs. Seulement voilà: tu ne l'as jamais su. Tu avalais mes œuvres d'art sans les voir. En un rien de temps, tu les repeignais en blanc! Et, moi, je restais seule, avec mon épreuve d'artiste, à manger le pain triste de mon ressentiment.
L'amour ne savait plus comment se dire ou se manifester.
Tu disais: «Mais on sait que c'est là!»
Je disais: «Mais si c'est là, sans qu'on le voie, alors c'est quoi, l'amour? C'est virtuel?»
Cela me rendait dingue! Cela te rendait triste.

Nous attendions tous les deux l'impossible au creuset de nos jours. Moi, un amour visible. Toi, un amour tout court. Le passé est imprévisible...
Je sais maintenant que tu avais raison. Pas besoin de le chercher bien loin, l'Amour, il est à la maison. Il est inconditionnel, c'est sa marque de fabrique ! Il est pris dans les ailes où nos destins s'intriquent. On ne le voit même pas, parfois, tout emmêlé qu'il est à nos histoires de troc. Mais il est là, partout. Pas besoin de Sherlock pour en trouver des preuves. Il n'est pas le remous, ni l'eau ni le bateau, il est le fleuve. On croit que c'est un passager qui monte ou qui descend quand on s'arrête en gare. Mais non : il est la voie ferrée ! On ne peut avancer que calé sur ses rails. Si on ne le voit plus, c'est que la vie déraille...
Nous sommes montés dans le même wagon, toi et moi. On le savait même pas. On en a mis du temps, presque dix ans, pour s'en apercevoir.
Nous nous sommes croisés sans même nous reconnaître. Tu étais trop marié, moi trop jeune, peut-être... On s'est même pas déshabillé ! Même pas un baiser pour patienter. C'était pas l'heure...
Tu étais le chanteur, moi la championne qui usait de ses hanches entre des lignes blanches. Tu m'as choisie pour un défi. Un jeu de double mixte sur un court de tennis. Mon coup droit assassin, ce jour-là, a fait moins de victimes que les obus charnus flanqués sur ma poitrine. « Elle avait les plus beaux seins du tennis français ! » diras-tu plus tard pour pimenter l'histoire. De l'autre côté

du filet, Cabrel ne se demandait pas encore comment on vise le ciel, mais où on vise pour un service gagnant. Il ignorait notre devise : jusqu'à la mort, jamais perdant ! Trente ans plus tard, nous sommes les mêmes lascars ! Pas question de brader la victoire.
L'adversaire aujourd'hui, pardon Francis, est un peu plus coriace. Ton revers amorti, jadis si efficace, a pris du plomb dans l'aile ! Il va falloir user des cordes et des ficelles pour mater l'ennemi, ce gangster, ce touriste qui chaparde ton air. C'est un récidiviste, qui plus est !
Il a d'abord sévi à bas bruit, sans autre signalement qu'une douleur dorsale dont tu t'accommodais. On l'a démasqué presque par hasard, au retour d'un concert. Ce jour-là tu es de la tournée des années 1980. Tandis que tu partages avec tous les anciens la joie de cette résurrection, l'un d'eux te conseille de te faire faire une radio. À l'instant où je prends rendez-vous, je sais déjà : il s'appellera Cancer, le mal au dos. À peine baptisé, on lui règle son compte, et puis on te raconte qu'il ne reviendra plus. L'affaire est réglée, et la vie continue. Comme avant. Tu ne veux rien changer. Surtout pas. Ce serait reconnaître qu'il est passé par là, l'ennemi. L'oublier, c'est ta manière à toi d'être plus fort que lui.
Mais l'oubli, mon chéri, c'est un arrangement avec nous-mêmes qui reste sans effet sur ce qui nous gouverne. Nos cellules se souviennent. Si d'aventure elles ont pris un faux pli, il faut les repasser autrement. Sinon, forcément, un jour c'est la pagaille au fond de nos placards. Il n'y a

pas de hasard, pas de loterie dans ce monde imparfait : les mêmes causes, on le sait, provoquent les mêmes effets.
Il attend deux ans avant de rappliquer, le méchant criminel. Avec du personnel cette fois-ci, un complice inattendu. Un champion toute catégorie du repos éternel qui a bien failli, ce mois-ci, lever le dernier pli. Tu as fait l'infarctus, c'est quand même pas banal, sur un lit d'hôpital. Pour un peu, le cancer aurait perdu l'affaire...
On ne donne plus cher de ta peau. Mais c'est mal te connaître. Sous tes airs de Pierrot perché un peu trop haut, tu n'es pas tant que ça dans la lune ! Qu'on vienne te chatouiller les pieds, et tu es prêt à mordre ! Je te connais. Tu vas tout faire pour lui tordre le cou à ce voyou. Tu vas jouer au plus fort, ne serait-ce que pour leur donner tort. Car tu aimes ça, n'est-ce pas ? Avoir raison ! Tu disais souvent, d'ailleurs, à qui ne voulait pas l'entendre :
« J'ai toujours raison, c'est un coup à prendre ! »
C'était exaspérant. Mais le plus agaçant dans l'histoire, c'est qu'on finissait par le croire...
On dit qu'on joue au tennis comme on se défend dans la cour. Avec panache, ou comme un rat de fond de court. Toi, raquette en main, tu étais un flambeur. Tu montais en caleçon, comme on dit. Toujours sur le revers. Tu prenais le filet comme on suit au poker sans même une paire de neuf : au bluff ! Tu cherchais la faute. Et bien souvent ça marchait. Au moins jusqu'à un certain point. Au-delà, tu perdais l'avantage, et tous tes boniments de serpent

se transformaient en carnage sous une pluie de passings gagnants.
Aujourd'hui, tu défies ton cancer comme tous tes adversaires, petits ou grands joueurs : en crâneur ! Sorti de l'infarctus, tu commences même par te moquer :
« Pffft ! C'est un minus ! Il croit me faire peur ! Mais j'me marre ! »
À t'entendre te défendre ainsi sur le ton de la plaisanterie, on pourrait croire au canular.
Mais le minus grandit. Il se nourrit de tes chairs. De ta poisse. De tes colères. De tes angoisses. Et toi tu rétrécis. Tu te ratatines sur ton siège devant l'ordinateur. Tu disparais dans le canapé derrière l'écran télé. Ton iPad, dans cette débandade, est ton dernier fidèle. Tu flambes dans les pixels, sans la moindre étincelle, ce qui te reste de vie.
Au bout de quelques mois sur ce champ de bataille, tu traînes ta douleur de la chambre au salon, sans même une pensée pour tes soldats de plomb. Ils sont depuis longtemps dans leur boîte en carton, tes compagnons d'armes, mais souviens-toi, Hervé, tu as été l'enfant qui leur donnait une âme. Il est peut-être temps de te mettre en campagne.
J'essaie de te le dire mais tu ne m'écoutes pas. De tout ce qui m'inonde depuis que tout s'effondre, en toi rien ne résonne. Je ne sais pas encore qu'on ne convainc personne. Que nul n'entend jamais que ce qu'il sait déjà…
J'ai tout arrêté, tout abandonné de mes activités. La vie s'est concentrée autour de ta douleur. C'est elle qui nous

commande et règne à l'intérieur. Notre appartement s'est transformé en clinique privée. Un sauna japonais a pris ma place sur le grand lit. La salle de bains est le théâtre de tes lavements à répétition. La cuisine devient mon officine. Le programme de mes journées est celui de tes soins. Je n'ai plus le temps de rien.
Toi, tu fais de ton mieux pour jouer le jeu mais c'est très difficile pour un rebelle de ton espèce de se montrer docile. Cela te rend furieux : « Je ne suis pas un cobaye ! » hurles-tu lorsque tu n'en peux plus. Mais si Hervé, tu l'es ! C'est même le seul rôle que tu veux bien jouer ! Tu pestes, tu tournes en rond, c'est bien comme ça qu'ils font, non, ces petits animaux qui n'ont pas pour défense d'avoir une conscience ? Mais toi, tu pourrais t'évader. Il est là, notre privilège d'être humain : on peut sauter du train !
Depuis le camp de base, sur son terrain d'exil, ton clandestin américain a pris les choses en main. Il a tout vu, tout parcouru sur l'étal de la grande araignée qui prend tout ce qui passe à portée de sa toile. Le net… et le moins net. Jérémie fait le tri. Il y passe ses nuits. Et moi j'ai sur les bras ce qui reste au tamis. Un programme infernal, précis comme une horloge, à la pointe fatale, pour peu qu'on y déroge d'une pincée par-ci, d'une minute par là. Et ta petite Martine qui n'avait rien à dire devient bonne à tout faire à seule fin maintenant de te sortir d'affaire. Mes nouveaux ustensiles sont des balances de précision, des cuillères de mesure. J'en ai de toutes les tailles

pour chacune de mes préparations qui bien souvent éclatent en postillons au nez de ma figure.
Il n'y a ni trêve ni répit. Ni soleil ni pluie.
Pendant que je colmate, que je pèse, que je touille, que je prie et guette les miracles, toi tu crèves d'envie de prendre la tangente. Tu lorgnes de côté, fasciné par la pente. Un jour, tu te penches un peu trop et je te laisse aller. Et si c'était ça, à moi, qui m'était demandé ?
Ce jour-là, les deux roues de ta chaise sont passées par hasard un peu trop près des braises. Elles ont mis le feu au fauteuil par l'éclat d'un millefeuille placé en éclaireur d'un régiment blindé de vils séducteurs.
« Arrête ! »
Ce n'est pas un désir de midinette, c'est un cri de furie !
Le démon t'a saisi. Il vient de t'attraper par le jupon sucré de quelque religieuse dévergondée. Te voilà fasciné, cloué par cette invite : celui des délices aux douceurs interdites…
Je crains le pire. Il est urgent d'agir. Je pousse légèrement le fauteuil ambulant, mais ton hurlement de dément m'arrête net ! Il fait trembler en même temps les tympans d'un petit couple parcheminé venu s'offrir ici une gâterie pour le dîner. Les malheureux sont bien loin de soupçonner l'enjeu du drame qui se joue sous leurs yeux. Visiblement impressionnés, ils s'écartent un peu. Tu n'as rien entendu, rien perçu de ce petit malaise, pris d'assaut que tu es par la petite vertu d'une jolie tarte aux fraises.

« Entre ! » hurles-tu dans la rue.
On ne résiste pas à ce ton-là. Je pousse un peu la chaise. Les petits vieux épouvantés se précipitent dans la boutique. Nous entrons à leur suite. Tandis qu'ils se font servir, je vois bien que tu pries comme un cul béni pour éloigner le mauvais sort. Que personne surtout ne touche à ton trésor ! Le couvercle se rabat sur leurs éclairs au chocolat. Ouf ! C'est déjà pas mal. On a évité le scandale. La suite était déjà écrite. La tarte aux fraises n'a pas droit aux hommages de l'emballage. La pucelle est trop belle. Tu la veux sans délai ni ficelle. À peine sur le trottoir, tu la violes de tes mâchoires avides. La bouche pleine et les mains vides, tu te détends à l'instant. Satisfait de ton forfait. L'enfant terrible a touché sa cible. Je vacille sous tes papilles...

Mon Dieu ! Il est où le juste milieu ? Montrez-le-moi, s'il vous plaît, ce point juste et parfait où la vie se complaît. Ici on est perdu. Entre le trop et le trop peu, entre toi qui souffres et moi qui trime, entre le bourreau et sa victime, entre mes croyances et tes doutes, entre ma conscience et ta route, entre l'amour et la matière...
Y a-t-il une frontière ?

La maladie comme la guérison est notre création.

Rien ne peut s'accomplir sans notre permission.

3

Le mal a dit

Tu crois que tu as trop fumé. Que ta maladie est inscrite comme un zéro de conduite sur une courbe de statistiques. C'est la faute aux militaires, qui ont mis dans ta poussette tes premières cigarettes. Et puis, la faute à «pas de chance» qui par inadvertance en a fait un cancer.

Pour toi, cette saloperie qui te ronge prend sa source quelque part dans les sombres couloirs du hasard. À l'extérieur de toi en tout cas. La guérison, par déduction, viendra du même endroit.

On le connaît par cœur, surtout depuis Pasteur, le refrain de la médecine officielle !

Le corps est imparfait, il est surtout fragile.
N'allez pas le confier à ce monde hostile !
De toutes ses offenses, vous devez vous défendre,
Par toutes les substances que nous avons à vendre !

On connaît la chanson, n'est-ce pas ? On l'a tous chantée pendant des années sans se poser de questions. Mais un jour, on entend le dernier couplet, qui vous demande de passer, s'il vous plaît, de l'autre côté. Alors, on n'a plus du tout envie de chanter…

Et puis, il y a eu ce cauchemar, comme un signe. Nous sommes tous les deux embarqués dans un véhicule et nous suivons une ambulance sur des chemins caillouteux. Lorsque la voiture blanche bifurque à droite, nous hésitons. Finalement, nous prenons à gauche. Un peu plus loin, nous assistons au spectacle de ce qui nous attendait de l'autre côté. Nous serions arrivés au bas d'une falaise sans possibilité de retour en arrière. Des centaines de carcasses métalliques y grouillent comme des scarabées pris au piège. Certaines tentent l'impossible : remonter la pente. Mais chaque tentative se solde de la même manière : la voiture décroche et vient se fracasser bruyamment sur le monstre de métal agonisant. De cet enfer, nul ne peut sortir…

Qu'as-tu perçu de ce cauchemar ? Je n'en raconte rien et pourtant le matin tu es sûr de toi : tu ne veux plus écouter les médecins et leurs discours sibyllins que tu comprends trop bien. Alors, on cherche ailleurs. Ça coûte cher, d'ailleurs. Très cher de sortir du rang. Il n'y a plus d'assistance, plus d'ordonnance, même plus de Sécu. Mais il y a l'essentiel, ce qu'ils n'ont plus à nous donner au point où on en est : l'espoir. Chez nous, on chante le gospel à présent. Tous les soirs.

Ton fils est le nouveau messie. C'est lui qui prêche, lui qui se dépêche de décortiquer la vie. Et moi, petite main serviable auprès de mon malade, je rajoute ma foi à tout ce qu'il nous dit. Parce que dans ce chaos où tout vole en éclats, je commence à comprendre. C'est d'elle qu'il faut s'éprendre…

Je crois qu'on ne sait jamais rien, au fond. Tout ce que je vois, c'est que la vie est belle, et qu'elle prend le chemin où lui poussent des ailes ! Toutes les abeilles, les fleurs, les papillons connaissent la chanson.

Mais toi, toi… qu'as-tu fait de ta partition ?

Je brosse ton corps de la tête aux pieds. Le soleil pénètre dans la pièce. On voit danser les particules fines qui se détachent de ta peau comme des nuages de poussières. C'est tellement dense qu'on ne voit même plus au travers. Comment en es-tu arrivé là ? À te dissoudre dans l'espace comme un vieux tissu qui ne tient plus ses fils. Dieu que c'est difficile de démêler tout ça…

Est-ce bien utile d'ailleurs ? Quelles que soient les causes, on veut des solutions. Et si elles n'étaient pas dans toutes ces potions ? Qui connaît la formule ? Pour bien voir le tableau, il faut prendre du recul ! Éloigne-toi un peu Hervé, et regarde ! C'est écrit partout : dans l'écorce des arbres, sur chacune de leurs feuilles, dans tout ce qui se farde pour attirer ton œil vers un nouvel indice. Ça brille ou ça lézarde dans tous les interstices. Écoute le murmure qui glisse dans le vent. Entends ce qui se dit par ici à bas bruit…

Ça joue faux, ça joue fort aujourd'hui sur la scène !
Ton corps n'est pas d'accord avec le capitaine !
Il le crie, il le hurle par toutes ses balises,
Jusqu'au moindre globule soumis à l'analyse !
Écoute-le, bon sang ! Entends au moins sa plainte !
Il est peut-être temps, à genoux, les mains jointes,
D'implorer le pardon de la grande prêtresse
Qui par tous les sillons distribue ses largesses !
Ne vois-tu pas son œuvre à l'envers du décor ?
Et par quelles manœuvres elle veut sauver ton corps ?

Mon amour, la maladie n'est PAS ton ennemie. Le cancer ne veut rien. C'est la vie qui décide. Et la vie forcément ne te veut que du bien. Elle t'apporte un cancer, soit. Mais son cancer n'est que sa solution au péril imminent qui te guette. C'est ce qu'elle a trouvé de mieux, en fait, pour te protéger d'un bien plus grand danger. Ainsi, elle remet à demain l'issue du coup fatal que de tes propres mains tu instruis par le mal. TU ES ton ennemi ! C'est toi qui la fabriques ta maladie. Le cancer, lui, il donne un peu de rab à ton existence pour te laisser le temps d'éveiller ta conscience peut-être…
À quoi crois-tu qu'elles jouent tes petites cellules ? Crois-tu donc qu'elles pullulent ainsi dans tes poumons sans ta permission ? Bien sûr que non ! Tout se dit, tout se sait à la fin. On ne peut rien cacher dans nos petits jardins. Aussi secrets soient-ils…

J'étale le césium sur ta peau. Il faut masser longtemps, bien le faire pénétrer. On est assis l'un derrière l'autre mais on n'est pas ensemble. Tu me dis qu'il faut qu'on se marie. Pour moi, un mariage c'est une union sacrée au pied d'un autel. Un engagement solennel devant l'éternité. Pas une alliance de circonstance. Un papier de notaire qui parle de transfert et de sécurité. C'est notre défaite, en somme, que tu me demandes de signer ! Je ne veux même pas lui accorder une pensée. Encore moins des heures de démarches administratives quand le temps est compté. Mon avenir, il attendra. Mais ta vie, elle, ne nous attendra pas. Je n'ai qu'une chose à faire à l'instant pour calmer sa célérité à vouloir te quitter : te masser doucement du bout de mes doigts.

Rien ne doit distraire mon attention. Parce que le résultat est dans mon intention. Je dois informer le liquide de sa mission, sinon il pourrait se tromper de cible, flâner en chemin ou aller s'occuper de ton gros intestin qui ne va pas très bien lui non plus. Je lui demande instamment de sauver ton poumon.

Il est certainement de bonne composition mais ça ne suffit pas. Il a besoin de toi. Mais toi, tu lui donnes à peine un droit de passage. Aussitôt qu'il te pique, tu enrages. Tu dois le bénir si tu veux guérir, Hervé. Sinon, tu en fais un poison. Une colère de plus qui attente à la vie. Comment veux-tu qu'elle soit clémente avec toi si tu lui craches dessus ? Tu ne fais que cela quand tu râles, quand tu cries.

Jusque dans tes rêves tu la broies, mon chéri. Depuis des années, le sais-tu ? Tu te bats chaque nuit. Tu profères des insultes envers je ne sais qui, tu te lèves en furie, tu t'empales sur le dos de la chaise ou tu frappes une armoire qui te rend le matin un bel œil au beurre noir.
Mais pourquoi te fais-tu tant de mal ? Qu'as-tu donc à payer sur ton compte ancestral ? Elle est où l'erreur ? Elles viennent d'où tes peurs ? Nos cellules obéissent, rendons-leur cette justice, à nos commandements. Si tu triches, si tu mens, sois certain qu'elles sont bien au courant...
Le mental, qui a pris le volant, ne sait pas conduire, mon amour. Celui qui te pilote est beaucoup plus discret. Tu ne l'entends jamais, mais il ne fait pas d'erreur. Il t'emmène exactement là où sans le savoir tu le supplies d'aller. On le nomme inconscient, mais il est pure conscience, directement branché sur tous les circuits de la vie. Tout ce qui te traverse l'intéresse. Et tout ce qu'il retient ne te fait pas du bien. Laisse-les passer, les mauvaises pensées. Tu ne peux pas les empêcher mais tu n'es pas obligé de leur offrir le gîte, encore moins le couvert pour mieux les remâcher à tort et à travers.
Ce que tu as construit, à bas bruit, en ciment de misère, tu peux, si tu le veux, tout autant le défaire ! Oh ! Pardon ! Vouloir n'est pas assez ! Il faut surtout le croire...
« Je crois ce que je vois ! », ce sont les mots idiots d'un cerveau docile aux ordres d'un monde imbécile ! Que vois-tu donc avec tes yeux minables ? Tu n'es même pas

capable de percer avec tes sens une offense fatale ! Cette vile bactérie se rit de tes pupilles ! De ta science animale ! De tout ce qui se passe, tu vois à peine une surface ! Celle que dessine, d'une mine trop précise, ce que les gens te disent…

À chercher la vérité dans la veine du concret, tu grattes le diamant avec tes dents ! L'outil n'est pas de taille ! C'est d'une autre tenaille qu'il faut serrer les vents ! Pénétrer le mystère au lieu de le percer par l'outil des pensées, voilà par où notre âme trouve à se satisfaire ! Nous n'avons rien d'autre à faire…

Qui mieux que toi sais bien que la main du divin intervient pour peu qu'on lâche prise. Souviens-toi : il est venu comment, ton Max ? Tout seul ! Même pas escorté de petites cellules grises ! Tu l'as juste accueilli, et encore, ta première intention fut de changer son nom. Mais tu n'as pas pu. Tu as tout essayé pour évincer ce Max, mais il a tenu bon. Et il a eu raison. Il portait trois couplets sur son dos, un refrain dans sa main et il s'est installé sans rien te demander au bois de ta guitare. Ça a pris quelques heures. À peine. Il t'a fallu deux ans, à toi l'auteur, pour écrire de ta main les deux derniers couplets et être à la hauteur…

Tu le vois bien ! Tu es un nain dans ton corps de matière promis à la poussière ! Que dis-je, un nain ! C'est trop ! Tu es un moins que rien ! Si tu ne l'es pas encore, tu le seras demain ! Arrête ton numéro de chanteur malheureux,

cela n'émeut personne, mais crois-moi ça résonne à ton endroit, et répand son arôme jusqu'au moindre atome... Joue-leur plutôt ces trois accords qu'ils adorent! *Do ré mi*, ça suffit, c'est toi-même qui le dis pour grimper jusqu'au ciel! Ajoute un barreau à l'échelle et tu seras guéri! Si seulement tu y graves le seul mot qu'ils attendent pour te le rendre davantage rempli: MERCI!
Par la gratitude, on prend de l'altitude, Hervé! Allez! Lève-toi et grimpe! Va voir comme de là-haut ils deviennent tout petits, tes ennuis. Fais confiance aux étoiles, aux gardiens de la paix. Il est par là le graal. Il l'a dit, ton ami: «La nuit finit toujours par s'échapper[1]»...

1. Paroles issues de la chanson *Gardien de nuit* de Francis Cabrel.

Grandir,

Ce n'est pas devenir plus sage

Ni savoir davantage.

C'est mettre de plus en plus de distance

Entre celui qui regarde et celui qui danse.

4

Petit polisson deviendra grand

Voilà ce qu'à peu près j'aurais voulu te dire si j'avais su grandir un peu plus vite. C'était déjà là, je le sentais confusément, mais ce n'était pas mûr. Les mots n'étaient pas prêts. Je bredouillais parfois, mais toi tu en riais, aujourd'hui, dix ans après, je ne sais même pas si je te les dirais. Je me contenterais probablement de t'aimer. Je prendrais ta main, Hervé, et je la garderais dans la mienne. Parce que je crois maintenant à cette magie : cela pourrait suffire. Juste faire circuler ce courant d'énergie qui nous donne la vie. C'est par lui que l'on croît, par lui qu'on se déploie, par lui que l'on guérit. J'en suis sûre à présent. Mais ce fut un long chemin pour en arriver là…

Il a fallu que je passe par ce champ de bataille où la victoire se gagne par la hargne. J'ai été formatée pour vaincre à Wimbledon ! Mes forces m'abandonnent aujourd'hui, mais j'en trouve quand même ! Je ne sais même pas d'où ni comment elles me viennent, mais elles accourent toujours pour te porter secours.

À toute heure du jour et de la nuit je me lève d'un bond sitôt que retentit le sifflet de gendarme par lequel tu m'appelles pour un oui, pour un non. Je n'ai plus de prénom. Je m'invente infirmière, cuistot, laborantine. Je suis sur tous les fronts, de la chambre aux cuisines. C'est moi qui gère, moi qui exagère à la moindre inflexion de ta saturation. Moi qui veille, qui surveille, qui baisse un peu le store, qui branche mon sommeil sur ton corps. Qui vide le pistolet. Qui répare les dégâts de tes nuits tourmentées. Qui porte le plateau, et toutes les casquettes que l'urgence me demande de mettre sur ma tête. C'est moi qui tente, qui invente quand la douleur s'acharne ! Qui encaisse les coups… jusqu'aux larmes.

Que ton plat manque de sel, c'est assez pour balancer l'assiette et la couette avec elle ! Je suis la cible facile d'un patient irascible, exigeant, impatient, jamais content. Le bouc émissaire de tes papilles en colère, soumises à la torture de nos potions infâmes. Ta pauvre femme en perd bientôt sa chaire d'honnête cuisinière. Elle ne sait plus à quelle sauce se vouer ni comment t'arracher une bouchée de contentement. Aucun assaisonnement n'est reçu gentiment dans ton palais abandonné…

Pour ne rien arranger, je me cramponne comme une lionne à ma nouvelle marotte : surtout pas de biscottes ! Rien de moins pur que Dame Nature ! Je ne sais plus qui croire sur la saine diététique. L'un dit blanc, l'autre noir, à trop les écouter le plus fin des gourmets devient anorexique ! À la fin, je n'écoute plus personne, seulement ma conscience, et c'est bien par ma pomme que ça tombe sous le sens : tout ce qui sort de terre, qui vient d'être cueilli, c'est forcément un frère, ou sinon un ami. Toute transformation, y compris délicieuse, devient déjà douteuse.

Mais toi, tu les veux transformés, tes aliments. Bien mitonnés, comme autrefois maman savait les cuisiner. Émue par ta maigreur, je cède à contrecœur, mais tes tomates farcies, elles aussi, vont passer en disgrâce. Plus rien ne passe par ton gosier pincé. Même le liquide a du mal à glisser. Ça coince quelque part. On essaie l'eau gazeuse. Ça marche une fois. Deux fois. Eurêka ! Mais la troisième : patatras ! Les bulles sont passées à l'ennemi. Tu en vomis...

Alors je cherche ailleurs. Les jus à l'extracteur : voilà la solution. Je la teste sur moi et je n'en reviens pas. Ce matin-là, je suis au bout du rouleau. Je vais m'effondrer, je le sens, et tu me suivras, forcément. Je dois m'accorder un peu de repos sinon on va crever tous les deux en même temps. Ceux qui me dévisagent font tous le même présage : y en plus pour longtemps...

Le don de soi a trouvé sa limite. Elle est juste à l'endroit où plus rien ne profite à personne. On le sait, en tous cas on l'a entendu dire : servir l'autre commence par soi-même. C'est même le théorème le plus simple à comprendre. On le connaît par cœur depuis l'âge le plus tendre : on ne peut rien donner de ce que l'on n'a pas. Il faut n'avoir plus rien,

plus une goutte d'eau à presser de sa main, pour le savoir vraiment. Et là, je vous le dis, c'est un retournement. Alors au bord du vide, je m'occupe de moi. Je bois un verre de jus. Puis deux. C'est délicieux. Le soir, il n'est même plus question de poser mon fardeau une seule seconde. Je vais refaire le monde : extraire la vie des fibres végétales et te l'inoculer par voie buccale ! Je vais aller la chercher, la vie ! Je vais la concentrer en quelques millilitres, tu n'auras qu'à la boire. Je crie déjà « Victoire ! ».
Seulement voilà, tu n'en veux pas, toi, de cette vie-là. Tu veux la mâcher ta défaite. Tu veux te trucider à grands coups de fourchette. Les jus, c'est bon pour les mauviettes ! Pour ceux qui pissent l'ennui au fond de leur cuvette. Toi, tu veux du solide pour te remplir le bide. Tu n'en as rien à faire de mes précieux liquides qui passent du rouge au vert et qui moi me requinquent en quelques verres.
J'ai beau essayer à chaque fois quelque nouvelle recette, tu m'envoies paître. Jusqu'au jour où tu craches ma potion sans plus de précaution. Ce sera ton dernier mot à propos de mes jus. On n'y reviendra plus.
« Tes jus, ils me coupent la faim ! »
On dirait un gamin. Un petit Abdallah qui se croit dans *Tintin*. Je ne suis pas Milou, mon chéri, mais vois-tu, j'ai du flair ! Car je vais te confondre le jour où tu souris devant ton assiette vide.
« Tu as aimé mes courgettes on dirait !
— Bof ! Pas tant que ça...

— Mais quand même, pour une fois, c'est passé !
— Mais si je te dis oui, je te connais, tu vas m'en faire tous les jours ! »
Et tu pouffes sous ta serviette comme un petit morpion qui se réjouit sous cape de son entourloupette. Tu veux me faire tourner en bourrique, ma parole ! Mais manque de bol, j'ai filmé la scène par hasard. Je la repasse en boucle, et c'est moi qui rigole d'avoir mis en vitrine tes petites combines. Je pique un fou rire à chaque fois. J'en fais mon anti-stress, ma petite pilule qui me permet d'un coup de prendre du recul. J'appuie sur le bouton et c'est automatique. Tes petites mimiques font sauter le bouchon qui retient la pression. Ça tombe à pic ! Me voilà mieux armée pour la révolution.
Car voici maintenant que tout vole en éclats au vent d'un coup d'État. L'insurgé débarque par ta bouche qui cette fois-ci se la joue fine pour me renvoyer en cuisine. D'un œil lubrique, tu m'instruis de son plan diabolique. Il est tout équipé d'un arsenal totalement illégal : pain viennois, ketchup, jambon et cornichons, une strate de tomate taillée dans la dentelle sur un lit de verdure bordée de mozzarelle, le tout bien agencé dans un ordre précis, rien ne doit déborder, ni trop ni pas assez pour que de ton silence, suspendu à ta panse, je sois récompensée. C'est pour cet idéal au parfum de scandale que tombent mes mixtures. Et toi tu te régales de ma déconfiture...

Je tiens bon malgré tout. J'y crois. J'y crois dur comme fer. On sortira de cet enfer ! Une part de moi que je ne contrôle pas est à l'abri du doute et continue sa route coûte que coûte. Rien ne bouge dans la nuit. Mais le frelon l'a dit : on est juste endormi. On va se réveiller de ce cauchemar. On sortira guéri, grandi de cette histoire. Je me sens portée par le plus grand que nous...

Vers où que nous allions, nous irons jusqu'au bout. Car je viens de comprendre, Hervé : la ligne d'arrivée, elle est partout. Je marche sans boussole, sans trêve, sans horizon. Sans que rien ne s'envole au souffle des saisons ! Je donne sans m'arrêter, sans reprendre, sans compter, mais voilà le miracle : je reçois davantage ! C'est ce que j'ai trouvé au milieu du voyage. J'ai ouvert ma valise, et ce que j'y ai vu, il faut que je le dise :

« *Il n'y a que l'Amour. Rien d'autre. Rien autour. Rien à l'intérieur. Tout ce qui existe en est à sa façon la manifestation. Ce n'est ni mot facile ni parole d'Évangile, c'est une fulgurance : l'Amour de l'univers n'est pas le chien docile, il en est la substance !* »

C'est comme une évidence qui me tombe dessus : en deçà de la surface des choses, il y a autre chose. Nous nous acharnons contre le mal qui te ronge mais l'enjeu n'est peut-être pas de guérir. Nous avons même déjà gagné, si ça se trouve. Quelque chose d'inattendu est arrivé. Nous nous sommes trouvés dans cette adversité. Et si c'était ça qui nous était conté ? Nous passerons de toute manière, Hervé. Ici dans la matière, quelles que soient nos victoires, nous savons toi et moi que nous perdrons la guerre. Mais ailleurs, il n'y a pas de combat peut-être. Viens, mon amour. Allons voir là-bas avant de disparaître. Tu attends presque le dernier moment pour me suivre. Je n'ai rien vu venir mais tu dois le sentir que la fin est proche.

« Tu n'avais pas le droit de perdre ! » me dis-tu brusquement. En un instant, je comprends. Je cherche ton regard. Il est temps de forcer le rempart.

« Quoi qu'il arrive, Hervé, je n'aurai pas perdu. »

Je viens de fouler une terre inconnue. Tu es un peu surpris. On ne t'a pas appris à trouver la sortie depuis ce territoire. Tu hésites à t'y laisser choir. Je m'engage davantage.

« Je te remercie, Hervé. J'ai tellement appris ! »

Je suis allée trop loin. Tu ne peux plus faire semblant. D'un seul coup, je le vois dans tes yeux : tu n'es plus un enfant. Tu es devenu grand.

« Tu n'auras pas perdu. Et Jérémie non plus. »

Je tends mes bras pour t'accueillir.

Nous sommes les conquérants d'un nouveau continent.

Nous sommes des êtres de lumière
Prisonniers entre ciel et terre.
Certains brillent dans leur cachot,
D'autres titillent les barreaux,
Jusqu'au jour où on s'aperçoit
En regardant derrière soi,
Que la geôlière, un peu distraite,
A laissé la porte ouverte.

5

Si pur sous ton armure

Ce que le mal a dit, tu n'as pas su l'entendre. Tu es peut-être né ou trop sourd ou trop tendre. Une âme d'écorché se protège, rameute son cortège d'épines et de silences. Fabrique ses défenses. Un jour, plus rien ne passe sous la carapace. Même le cœur est étanche. Ton manteau n'avait de manches que pour les mains gantées, des mots bien abrités sous la protection d'une chanson.
Oh ça ! Pour ton chat, tu étais délicat ! Tu ne souffrais aucun manquement à ses caprices de diva. Par ses mines à moustaches, il régnait sur la place comme le pinceau sur la gouache. Il tenait ce pouvoir d'un ailleurs à lui seul réservé où même toi Hervé tu n'étais pas convié. Sa Majesté nous toisait en se drapant de pauses sous son petit nez rose jusqu'à nous asservir en fidèles serviteurs tout juste autorisés à briguer ses faveurs.
Du champ dévasté de tes failles profondes par où tu aspirais la douceur de ce monde, il était l'épicentre. Il n'avait pour moi, en revanche, que la reconnaissance du ventre.

Dans votre intimité, nous n'étions pas conviés. Vous étiez reliés par quelque étrange affinité qui nous excluait comme des sans-papiers. Par quelque privilège d'un injuste partage, tu connaissais son langage. On ne savait par où tu savais tout, mais rien ne t'échappait de ses dévergondages. Par une nuit d'été, depuis son camp de réfugiés, il t'avait même lancé un appel de détresse. C'est dans ton rêve que tu avais reçu le SOS. Tu étais sorti dans la nuit, comme un zombie. Et tu l'avais trouvé, sans même le chercher, à l'endroit précis où le songe l'avait dit. Prostré, dans l'attente confiante de tes mains savantes, il était là, le fugitif! Penaud comme un fautif!

Justicier invétéré, tu défendais l'opprimé. Malheur à celui qui devant toi se hasardait à jouer les oppresseurs. Tu en faisais un bandit de grand chemin! Un ennemi public numéro un! Un assassin! Même en culottes courtes, les tortionnaires de fourmis étaient tes ennemis. Tu les pourfendais de ta verve acérée jusqu'à régler leur compte aux parents que tu couvrais de honte. Tu faisais fi de toute convenance pour exprimer ta légitime violence. Même le grand Michel Legrand en avait fait les frais sans sourciller. Il crachait sa fumée sous ton nez par une haleine provocante. D'une main leste et choquante, tu avais saisi l'objet du forfait de sa bouche médusée pour aller l'écraser sous ton pied. Ce jour-là, tu avais gagné son respect.

Tu avais aussi le don, avec tes jugements sans pardon, de te mettre à dos les plus dévoués de tes serviteurs.

Qu'il ait le malheur de se tromper d'écho sur la piste micro, et le meilleur des mixeurs devenait le plus coupable des incapables. Tes valets de cœur avaient plutôt intérêt à se tenir à carreau s'ils ne voulaient pas être mis au tapis sans merci.
Plus que tout autre, j'ai souffert de ces débordements, dont tu t'amendais finalement.
« Ce n'est qu'en surface ! Au fond, tu le sais bien, c'est différent... »
Mon malheur, c'est que dans ces eaux troubles, le fond n'était pas que profond, il était double ! On ne voyait rien de sa couche la plus tendre enterrée sous les cendres de tes manières incendiaires ! Par hasard ou par erreur, on en surprenait la blancheur, mais c'était vite balayé par une espèce de malice au service d'une indécrottable pudeur.
Pourtant, tu étais tendre en profondeur. D'un enfant meurtri par le poing de la vie, de ta main la plus douce tu caressais les bosses. Pour un oiseau blessé sous la roue d'un carrosse, toute affaire cessante, il fallait que l'on tente de sauver la victime d'une charrette assassine. Pour une demoiselle, même pas belle, qui lançait ses œillades à tous les hit-parades sans la moindre chance d'en percer les défenses, tu chargeais ton fardeau du poids de ses souffrances. Par toutes ces petites choses enfouies sous les décombres de nos champs de bataille, j'ai vu poindre des roses en pagaille.

Elle avait 5 ans, une jupe plissée. Tu étais bouleversé quand elle venait t'offrir, emballé d'un sourire, son paquet de gaufrettes. Il suffisait d'un rien pour que de ton chagrin émerge le poète. Mais gare à ceux qui d'une fausse note heurtaient d'une impureté ton cœur de Don Quichotte. Ils s'en souviennent encore, de ce folklore, les témoins ahuris par ce vent de furie qui faisait d'un esthète un souffleur de tempêtes ! Ils tombaient de haut, les malheureux, déchus de leur nuage d'où ils te voyaient sage et miséricordieux. Sous tes airs de doux rêveur, ils découvraient l'insolent pinailleur que tu étais par ailleurs !

Nul ne pénétrait dans ton jardin secret sans avoir bien montré âme blanche. Ils étaient peu nombreux ceux qui par faveur pouvaient t'effeuiller jusqu'au cœur. Les moins perspicaces tombaient en disgrâce. Les plus sages laissaient passer l'orage. Et toi, de ton air innocent, tu jouais sous ton masque à faire l'intéressant.

Comme ton Max, tu voulais bien travailler un petit peu quand ton corps était d'accord. Et encore ! Comme chercheur d'or ! Pour l'argent et ses mines de tourments, tu filais comme un serpent. De toutes les corvées, reconnais-le, Hervé, tu ne voulais rien savoir ! C'était bon pour une poire de mon espèce que de s'abaisser à violenter ses fesses ! Car bien entendu, tout ce qui préservait le repos de l'homme retombait sur ma pomme. J'étais le pendant idéal à ta paresse viscérale. Toujours prête à touiller de mon agitation la bassine remplie de tes défections.

Tu me laissais conduire l'embarcation comme on régit ses gens quand on est exigeant. Maugréant à chaque tournant, t'insurgeant dans le sillage du moindre dérapage. Seul le grand danger réveillait tes instincts de mâle protecteur. C'est alors qu'un sauveur supplantait le pacha pris d'une soudaine ardeur pour sa geisha. Tu faisais l'homme, en somme ! On sait bien comme ils sont. Aussi vils que gentilshommes ! Des héros romantiques. Des Zorro magnifiques. Qui passent du joli cœur au grand seigneur les yeux bandés sur le chemin du quotidien.
Ce chemin était le mien…
Les femmes sont là pour ça, n'est-ce pas ? Surtout les femmes d'artiste. À tirer le pianiste on gagne le gros lot ! Porter sur son dos le fardeau des basses besognes pour laisser aux charognes la gloire de la victoire.
Ce que les chercheurs d'or ne savent pas, mais que les femmes devinent tout bas, c'est que les pépites sont déjà là, sous chacun de leur pas. De tout ce qui brille, de ce qui les habille d'or et de lumière, elles savent d'instinct qu'elles en ont plein les mains, nos mères ! Elles en font des confitures pour leur progéniture, mais il suffit d'un rien, d'un pèlerin sur leur chemin, pour qu'elles multiplient les pains et que la chapelle Sixtine migre dans leur cuisine…
Pour toi, il était accroché à tes cordes de guitare, le secret des choses. Tu les caressais sans fin, jusqu'à l'overdose. Sans rien attendre, parfois, de tes mots tendres. Juste pour

le plaisir. Il suffisait de les surprendre, disais-tu, pour les faire jouir. Par une rencontre imprévue, un mariage inattendu. Deux notes qui se donnaient la main pour partir en refrain vers toutes les salles de bains. Il fallait juste les reconnaître. Et une chanson pouvait naître...
Les dieux t'ont béni. Ils t'ont donné cette grâce. Tu savais les comprendre. Mais ils t'ont tout repris, hélas, un matin de septembre.
Ce jour-là, tu te réveilles sans voix. Sans les graves en tout cas. Le soir, tu dois chanter en petit comité. Tu n'as que la journée pour te retourner. Par le tour de passe-passe d'un play-back efficace, le show sera sauvé. Mais *quid* du bel Hervé ? Adieu le chanteur, l'auteur et l'interprète ! Ta voix est partie aux oubliettes...
La cérémonie des funérailles va figer nos entrailles dans la nuit sans décibel d'une souffrance éternelle. C'est une blanche prêtresse qui nous fait la messe. Elle déboule en gouvernante dans la salle d'attente. Avant même de l'entendre, on sait déjà qu'elle va nous vendre toute la misère de son corps en jachère. Il est vaincu d'avoir trop attendu. Trop rien reçu. Elle n'a rien à donner. Juste un coup d'œil à ta radio. Un coup de trop. Une violence qu'elle déverse comme une vengeance dans nos oreilles épouvantées. Mon Dieu, qu'a-t-elle fait de son humanité ?
« Vous ne retrouverez jamais votre voix, monsieur Cristiani ! C'est impossible ! »

Le choc est terrible. Le temps s'arrête. La vie s'inquiète. Je coule. Tu coules. Nous coulons. Nous touchons le fond. Tu es étendu, nu, sur le carreau. Tu n'as que la peau sur les os. Plus rien à l'intérieur. Seulement la douleur. Ta main dans la mienne. Tu manques d'oxygène. Le froid dans les guiboles. Si dur le sol. Si lisse la paroi. Ça glisse. Plus d'espoir. Rien que du noir. C'est sûrement ça, l'enfer! Elle est où la lumière?

«Appuie sur le bouton! Attention! Tu me tords le bras! Masse-moi! Non plus bas. Oui, là! Encore! Plus fort! Aïe! Mais tu vois pas mon doigt? Il est pris dans ta manche! Hou là là, ma hanche...

Tiens-moi! Mais mieux que ça, enfin! Tu comprends rien! Là... Voilà... comme ça. Mais qu'est-ce que j'ai fait au ciel pour mériter ça?»

Je ne sais pas, Hervé. C'est toi qui sais. Tu es le juge et l'assassin...

Tu ourdis d'une main, et tu châties de l'autre.
Même Dieu n'en sait rien! Il n'y a de faute
Que celle que tu conçois au secret de ton âme,
Il n'y a que toi qui blâmes!
Va parler aux démons jaloux de ton pardon!
Va dire à tous tes sbires combien tu les admires!
Lève-toi et marche! Allez! Tu peux le faire!
Avec ou sans panache, qu'importe la manière,
On fait ce que l'on peut, c'est déjà bien assez!

Ils t'attendent les dieux, ils n'ont rien ordonné.
Accroche-toi ici, tiens-toi à mon épaule,
Je fais de cet appui, crois-moi, mon plus beau rôle.
Je peux te soutenir, Hervé, je peux t'aider.
Tu peux tout obtenir de moi, tout demander.
Tout ce que je te donne à la fin me renforce,
Nous irons jusqu'au lit, j'en trouverai la force,
Mais le ciel que convoite chacune de tes branches,
C'est par toi qu'il dérape, qu'il fuit ou qu'il se penche.
Ne compte pas sur moi pour jouer cette farce,
Nul ne peut faire un pas pour l'autre ni à sa place…
Je sais, tu te soignais avec ton capodastre.
Ta guitare a cessé, dépouillée de son astre,
De venir te chercher. Elle n'a plus de licorne
Avec qui chevaucher les horizons sans borne !
Et toi, encore vivant au milieu du naufrage,
Toi, poisson palpitant échoué sur le carrelage,
Tu n'as plus que mon bras auquel te raccrocher
Pour assurer ton pas sur le plat du plancher.
Puisqu'il est périmé, ton passeport céleste,
Que le ciel sous ton nez a retourné sa veste,
Puisqu'il n'y a plus de cordes vocales ni plus d'échelle,
Et que les dieux s'accordent à ruiner ta passerelle,
C'est par une autre voie qu'il te faut décoller !
Tu n'as plus d'autre choix si tu veux t'envoler.
Lâche un peu ta tablette tombée d'un arbre à pomme,
Et va faire tes emplettes dans un autre aquarium !

Celui où toute vie se réjouit, fait des bulles.
Loin de la toile dont jouit l'horrible tarentule !
Entends-tu le silence qui vibre de mystère
Et dit que tout commence au chant d'une prière ?
Prie Hervé, je t'en prie. Va de l'autre côté
Payer enfin le prix de ton humanité…

Rien n'existe en dehors de l'attention qu'on lui porte.

6

Si dense par son absence

La vie n'est jamais plus intense que pressée par son impermanence. Empêchée d'un côté, comprimée d'un autre, la voilà qui enfle comme une bouée mal gonflée serrée de tous côtés. Elle se dilate brusquement aux endroits sensibles, et se rend plus visible… que jamais.
Chez nous, elle ne prend plus beaucoup de place, la vie. Juste un petit espace entre toi et moi qui m'agite comme une forcenée pour l'empêcher de s'échapper. Ce matin, elle a failli trouver la sortie. Elle refusait toutes mes cajoleries, tous nos repentirs pour tenter de la retenir. Les bouteilles à oxygène, les massages, les potions miracles, la prière. Rien à faire…
À court d'arguments, j'ai sorti mon dernier joker : j'ai ouvert grand toutes les fenêtres. Ça l'a surprise peut-être. Elle a bien voulu rester…
On a aussi découvert, par hasard, une autre manière de la coincer : par la pensée. Jérémie vit à Los Angeles, à plus de dix mille kilomètres de chez nous. Et pourtant, chaque

fois qu'il se concentre intensément pour envoyer à son père des ondes de guérison, un petit miracle se produit. « Cette nuit, je n'avais plus de cancer ! » me dis-tu un matin sans raison. Et en effet, je te retrouve devant l'ordinateur à peaufiner ta dernière chanson. J'apprends un peu plus tard que Jérémie s'est mis en transe toute la nuit. Au point quasiment d'en perdre connaissance. Il ne sait pas se protéger dans ce processus mal maîtrisé. Il faudra arrêter.

Pendant que je m'acharne sur ton corps, que l'été au-dehors patiente et que j'y crois encore, elle s'impatiente, ta vie. Au milieu de la parenthèse, je sens qu'elle pourrait bien, mine de rien, filer à l'anglaise. En même temps qu'elle rétrécit, curieusement, elle se densifie par endroits. Comme un arbre se gorge de fruits à son dernier été, comme une plante mourante se tend vers le ciel pour lui dire en beauté ses dernières volontés, quelque chose de toi semble jaillir de toi pour se tendre vers nous et continuer à vivre peut-être à travers nous...

C'est arrivé aujourd'hui en fin d'après-midi. Depuis que tu tombes dans l'appartement, depuis qu'il ne sait plus où est passé son père derrière son modèle réduit recollé de travers, notre fils, pour exister, ne sait plus comment s'y prendre. Sur la porte de sa chambre, il a écrit « Sortie de secours ».

Entre vous, le silence est de plus en plus lourd. Tu en crèves de douleur. Il en pleure à l'intérieur. Par quel miracle les choses arrivent-elles sur le dernier battement d'ailes ? Un jour plus tard, c'eût été trop tard...

C'est le premier mot le plus périlleux. Tu te raccroches à ce que tu connais le mieux : ton nom.

« Tu sais, Valence, tu es un Cristiani. Tu es comme moi. Ça a du mal à sortir... »

Valence ne sait pas comment réagir. Par cette bise inattendue, il se trouve fort dépourvu. Bien sûr, il s'est déjà reconnu.

« Il faudra... que tu apprennes... à dire... je t'aime. Ça t'ouvrira la porte d'un monde tellement plus beau. C'est la clef, tu sais. »

Mon Dieu ! Nous y sommes...

Il a fallu en arriver là pour que ces mots résonnent. Je n'ai rien à faire dans ce transfert. Je les laisse entre hommes.

Quelques minutes plus tard, Valence sort de ta chambre avec deux larmes au coin des yeux et du bois tendre entre les deux. Vos âmes se sont trouvées dans la grande forêt...

Pour nous, le miracle a lieu quelques heures plus tard, dans la panique électrique d'une attaque démoniaque.

Il est 4 heures du matin lorsque le sifflet de gendarme retentit dans la nuit. Je sais déjà que l'appel est grave.

« Je suis désolé de te réveiller mais ça ne va pas, tu sais... »

Je ne t'ai jamais vu si brave. Tu es en train de couler, en proie à la terreur de mourir étouffé, et voilà que surgit de ta bouche la seule cartouche qui n'a jamais sifflé à mes oreilles : une excuse.

En un instant, je suis prête à livrer bataille. Je sors mon attirail, les potions magiques, les poudres miraculeuses, mes ruses et ma technique, mes ficelles de soigneuse, je dégaine l'oxygène, je masse, je prie, je respire à ta place! Rien n'y fait.

«Appelle!»

Nous savons l'un comme l'autre ce que cela veut dire... Ils vont t'emmener à l'hôpital. Pour un peu de meilleur. Et sûrement pour le pire. Au plus fort de la tourmente, j'ai toujours tenu bon. Face à la déferlante, te garder à la maison. S'ils te prennent, je le sais, tu ne reviendras pas...

«Appelle!»

Sur un tas de dynamites, provoquer l'étincelle, voilà ce que tu me demandes! Je veux saisir l'allumette mais mes doigts m'en défendent! Au moins que l'on soit deux à allumer le feu. J'appelle Jérémie. Une fois. Deux fois. Trois fois. Jérémie ne répond pas.

Et toi qui te débats comme un beau diable pour trouver un petit filet d'air, toi stoïque, admirable, terrassé de misère, tu me regardes, ému par mon dilemme, les yeux remplis de ce que tu ne m'as jamais dit: des milliers de «je t'aime»!

«Ma pauvre Martine!» trouves-tu la force d'articuler dans un étranglement.

Merci, mon Dieu. Merci pour ce cadeau d'adieu.

Seigneur, si seulement...

«Appelle!»

Si j'attends une minute de plus, tu vas me filer entre les doigts.
Ils débarquent en furie. C'est toute une armée qui se déploie. À la seconde où j'ouvre la porte, je perds le pouvoir. En un instant, on passe de la monarchie au Directoire.
Je suis une enfant, une petite écolière tout juste bonne à remplir le formulaire. On m'éloigne. On t'empoigne. On me parque. On t'embarque. Tout se précipite. Ça va très vite. La pauvre Martine passe à la guillotine. Le monarque agonisant est promis au jugement. Par ton masque empêché, tu n'as plus aucun argument. La main qui te sauve a lâché les fauves.
C'est fini. Tu es parti.
D'un seul coup, dans le camp de retraite, il n'y a plus rien. Même pas la défaite. Plus de gémissement. Plus de tourment. Plus de turpitude. Plus d'inquiétude. Seulement le silence. Immense.
C'est peut-être ça la mort. Un changement de décor. Un brusque passage des vicissitudes à la quiétude. Je suis debout dans l'entrée, sonnée, vidée de ma substance. Engloutie par l'absence. Plus de son, plus d'image. Plus question de naufrage. Même plus besoin d'air. Je suis dans le ventre de ma mère…
C'est Valence qui me ramène à la surface. Il a tout entendu bien sûr, mais rien n'est parvenu à fendre la cuirasse.
« Papa est parti à l'hôpital. »

Pas besoin de détail. Il a compris. Au timbre de ma voix, tout est dit. Je n'attends rien de lui, ni un mot ni un geste. Valence n'a jamais dit sa peine, ni sa joie ni le reste. Je le prends dans mes bras. Nous sommes deux dans le sas. Surtout ne plus bouger. Ne pas suivre l'impasse. Rester à tout jamais dans ce petit espace où rien n'est programmé, ni le pile ni le face. Plus de vie, plus de mort. Je serre un peu plus fort…

Mon enfant, mon amour, oublie-le ce toujours
Que tu voudrais serrer sur ton cœur sidéré.
Laisse-le s'envoler au souffle de ce vent
Par lequel tu choisis de te sentir vivant.
On ne peut rien saisir, surtout rien arrêter,
De ce qui veut mourir par la joie d'exister.
Si dans une eau stagnante tu trouves un réconfort,
Méfie-toi de la pente par où elle s'évapore.
Refuse d'amasser. Résiste à cet appel
Que les choses empressées de se montrer trop belles
Te lanceront sans fin, à chaque jour nouveau
Que le ciel voudra bien te servir en cadeau.
N'attends pas de demain ni plus ni moins de joie
Que ce qu'entre tes mains tu possèdes déjà.
Rien ne peut l'empêcher, ce qui brille là-bas
Tu iras le chercher, mais tout est déjà là.
N'oublie pas qui tu es en ce lieu d'esclavage
Où tant de faux alliés se proposent en mirage.

Accueille la douleur avec les mêmes bras
Que toutes les faveurs qui brilleront par toi.
Elles sont nées du même arbre, fruits des mêmes racines,
Pris dans le même marbre où tu graves tes rimes.
Ils te le diront tous, d'Aristote à Kipling,
Mais va boire à la source où ton âme s'indigne,
C'est par là que jaillit le feu de connaissance
Dont le corps se réjouit au creux de sa substance.
Mon enfant, mon amour, il se peut qu'en ce jour
Une flèche transperce la peau de nos tambours,
Et que tout se disperse sans espoir de retour.
Ne lâche pas surtout la baguette magique
Qui rend par tous ses coups ce monde magnifique.
Souviens-toi que la vie nous rend ce qu'on lui donne,
Et que tout est gratuit à ceux qui s'abandonnent.
Ce qui peut se compter n'a pas plus de valeur
Qu'une planche à billets dans la vie d'une fleur.
Donne tout sans compter, rien ne vaut le détour
D'un geste de bonté semé sur le parcours.
C'est ton père, aujourd'hui, qui nous tient ce discours.
Vers où qu'il soit parti il a planté l'amour
Dans nos deux cœurs brisés avant de nous laisser.
Puissions-nous l'arroser et ne jamais cesser
D'aimer.

Valence n'a rien entendu. Ces mots, dans mes profondeurs, se sont perdus. À nos deux corps prostrés, soudain

comme empêtrés, je ne vois pas d'issue. Nos larmes se rejoignent sur les plis du tissu.
« Tu as fait tout ce que tu as pu, maman… »
Mon Dieu ! J'ai du mal à le croire. Elle est déjà là... la victoire !

Pardonner, ce n'est ni absoudre ni oublier.

C'est un acte de bonté envers soi-même

Qui nous libère d'une haine

Dont on se régalait à s'en empoisonner.

7

Le dernier concert du maestro

Une semaine. C'est le temps que tu prends pour mourir. Il faut bien ça pour tout se dire. Après vingt ans de planque derrière des murs de silence, c'est peu dans la balance. Mais c'est assez pour pardonner. Dieu soit loué : ces instants nous ont été donnés...

Quelque chose m'est accordé *in extremis*. Un autre regard. Une autre façon de te voir. Tu n'es plus coupé en deux par le milieu. Tu m'apparais dans ta totalité. Écorché jusqu'à l'âme. Révolté par le drame de la condition humaine. J'aperçois les erreurs soufflées sur ton enfance. Ton grand malheur de non-reconnaissance. Et toutes ces blessures dont les éclaboussures sont ton destin d'artiste. Un chanteur un peu triste d'avoir manqué sa cible. Et derrière les paillettes, enfoui sous le poète, un enfant terrible. Enfin je peux tout prendre sans faire le tri. Enfin je peux comprendre ce qui se contredit. Enfin je sais t'aimer de la seule façon d'aimer : tout entier.

Comme prévu, ils ouvrent le bal au tribunal. On commence par appeler à la barre ta lourde histoire. Avant même de sortir le dossier, tu es déjà condamné. Avec ta maigreur comme procureur, tu n'as aucune chance. Pas de plaidoyer pour la défense. Pas de scanner. Pas de question. Tu es déjà sous perfusion.

« Attendez ! C'est du poison pour lui ! Depuis presque deux ans, il n'a rien pris ! Respectez au moins notre vision des choses...

— Ce n'est que du glucose ! » me dit-on d'un ton vaguement condescendant.

Les dissidents n'ont pas leur mot à dire dans cet empire. Nos manières peu ordinaires ne sont pas leur affaire. Il n'y a ici qu'une seule idole : le protocole. Ce maître absolu n'a de comptes à rendre à personne. En un rien de temps, il te règle le tien et nul ne s'en étonne.

Je viens de te rejoindre aux urgences. Le calme est revenu. Sous ton masque à oxygène, tu respires. Mais pas moi. Je nous sens menacés dans ce lieu où les soins sont surtout... remboursés. Ils sont où les médecins, les grands pontes ? Quelle honte ! Il n'y en a jamais un quand on en a besoin ! Mais pourquoi es-tu donc si tranquille ? Il y a quoi, dans ce flacon stérile ? Je suis comme une chienne tombée dans un jeu de quilles. Je veux tout renverser, retourner au chenil. Je veux surtout savoir. Ne pas me laisser faire par ce raz d'infirmières !

Souvenez-vous, il y a presque un an maintenant, vous me parliez déjà de soins palliatifs. Savez-vous tout ce qu'on a vécu depuis cet adjectif? Ce n'était même pas vous d'ailleurs. C'était un professeur. Réputé le meilleur sur la place de Paris! Toi, tu étais à l'abri, heureusement, derrière une vitre qui te coupait le son. C'est moi qui avais tout pris de la déflagration. Mais le pire allait venir par toutes tes questions. Il m'a fallu mentir. Faire semblant d'y croire alors qu'on sait très bien qu'on va vers l'abattoir. Peut-on imaginer torture mentale plus infernale?

Comprenez que j'ai de bonnes raisons, depuis cette oraison, de rester en éveil. Je fouine. Je surveille. Et toi, je le vois bien, tu reçois cinq sur cinq de notre bande sonore. Tu ne perds pas le nord en tout cas quand je demande à Valence au téléphone d'apporter tes courgettes.

« Qu'il prenne mes olives! » m'interromps-tu en tirant sur ton masque.

Un quart d'heure plus tard, Valence débarque aux urgences, presque heureux de se sentir utile, pour une fois. Il n'aura même pas la joie de te l'offrir ce petit bocal qu'il a préparé tout exprès pour te sauver. En quinze minutes, ils t'ont déjà achevé. Tu nous frappes de ta canne, tu veux sortir de là, sauter par la fenêtre, tu es dans un état de pure démence. Pauvre Valence! Il aura vu son père vaincu par le minus. Et ils nous soutiendront mordicus qu'il n'y avait rien dans tes perfusions. Mon Dieu! Pardonnez-leur! Ils ne savent pas ce qu'ils font...

Ils ne savent pas ce qu'ils nous pillent d'un coup d'aiguille, bien sûr! Je le dis, le redis, à ceux qui n'en ont cure! Pour eux, tu n'es plus une personne, un être humain qui

souffre, qui pense et qui raisonne. Tu es un diagnostic, une croix dans la rubrique des cas désespérés. Et moi je suis une empêcheuse du mode accéléré.
«Madame, vous n'êtes pas médecin. Laissez-nous faire notre travail, s'il vous plaît.»
Mesdames, messieurs, vous n'êtes pas humains. Laissez-moi vous conter ma bataille, s'il vous plaît...

Dix-huit mois de combat, sans fusil, sans canon!
Sans tirer dans le tas au plus petit poison.
Dix-huit mois de maquis, fiers, la tête haute,
Tous les trois comme des I sur nos droits, sur nos fautes.
On ne s'incline pas quand on vient pour vous pendre!
On se met hors la loi! On fuit! On veut comprendre!
On relit le contrat dans ses petites lettres,
Et c'est un pugilat que l'on voit apparaître!
Lorsque la vie s'en va, c'est tout ce qu'il nous reste,
On n'a pas d'autre choix que retourner sa veste
Cousue à la machine, dans un laboratoire
Où toutes les combines sont là pour nous faire croire
Que c'est du Saint-Laurent, de la haute couture!
Votre main pour un gant, même pas sur mesure...
Et voilà qu'à l'envers apparaît le fil blanc
De toutes leurs affaires montées sur nos tourments.
Permettez que l'on souffle sur le château de cartes,
Et que celui qui souffre d'un pas au moins s'écarte.
On ne fait pas sourire la statue dans la cour,

Sans un peu s'enhardir par-delà les labours...
Pardonnez nos offenses, hommes et femmes dévoués,
Serviteurs d'une science aux ressorts inavoués.
Vous n'êtes que la botte des teneurs de finances,
Aveugles à vos menottes, scellés dans vos croyances !
Et seulement coupables, dans le cœur des rebelles,
De n'être qu'admirables sous la bride officielle.
Et même si par vos mains le destin s'accomplit
Je ne vous blâme en rien, et je vous remercie.
Parce que je sais aussi que peut-être demain
Vous sauverez ma vie.

En moins de quelques heures, tu n'es plus qu'un pantin qui ne serre plus nos mains. Bien sûr ils m'ont fait taire, avec leurs manières de me toiser, mais je n'ai pas dit mon dernier mot. J'ai encore dans ma musette une petite botte secrète : la vitamine C en intraveineuse. Je cours à la pharmacie qui va fermer. À mon retour, j'ai dans mon sac de quoi réveiller un cheval mort. On va te ramener au port, mon amour. Mais comment ? Il faut savoir y faire, piquer au bon endroit. C'est trop risqué. J'ai une meilleure idée. Cette fiole au-dessus de ton lit, cette folle, prétendument amie, on pourrait la remplir nous-mêmes ! La faire changer de camp ! On est quatre à la chaîne pour ce renversement... Le premier fait le guet, le deuxième brise l'ampoule et remplit la seringue, le troisième me la tend et moi je pique dans la poche en plastique. Et là, quelque chose

de totalement inattendu se produit : on rit ! On est pris d'un fou rire nerveux tellement incongru, tellement déplacé au surplus, qu'on a presque oublié que tu meurs, mon amour. On a doublement peur du coup de se faire prendre : qui donc pourrait comprendre ?
Heureusement, nul ne vient nous surprendre dans ce double délit de non-initiés qui viole un caducée en pleine hilarité. Malgré tout, nous allons jusqu'au bout de notre mauvais coup. En moins de dix minutes, le tour est joué. Les infirmières n'y verront que du feu. Plus besoin de guetter à la porte. On attend plus qu'un peu de mieux...
Après une nuit terrible où ta vie sous mon crâne est repassée au crible, il pointe son nez en fin de matinée, le petit mieux. Tu serres un peu nos mains. À peine. Mais ça suffit pour relancer l'espoir. On rapporte ta guitare. Tu ouvres un peu les yeux. On est heureux. On donnerait cher à présent pour te voir en colère. Souffrir encore un peu de ton sale caractère. Pour un an, pour dix ans, pour vingt ans, je signe ! Les yeux bandés ! Mais voilà que tu fermes les tiens. Et puis... plus rien.
La suite est une histoire banale. On la voit tous les jours sur un lit d'hôpital. Entre 11 heures et midi, derrière une porte même pas fermée, même pas numérotée, on vous invite en enfer.
« Il n'y a plus rien à faire... »
Hier encore, pour un oui, pour un non, ton sifflet me hantait de la chambre au salon. Hier encore, tu réclamais

ton petit pain coquin. Je labourais ton dos de ton vibromasseur qui connaissait par cœur ton sillon de douleur. «Je t'aime, tu sais...», avais-tu lâché de l'autre côté. C'était la première fois que je l'entendais.
Tu ne le diras plus autrement que dans ce souffle étranglé par les crocs d'une chose qui nourrit à grand bruit ce qui te reste de vie. Un petit filet d'air greffé sur tes narines, ton dernier partenaire sur ta poitrine. Tu ne réagis plus ni aux sons ni aux gestes, on vit dans tes poumons, c'est tout ce qu'il nous reste. On gratte ta guitare, on chante, on se rappelle que tu nous as laissé des merveilles récentes dans les tiroirs. Tes dernières paroles de rossignol étaient prémonitoires.
«*Je nourris sous la terre un million d'asticots.*
C'est le dernier concert du maestro. Allez, tchao !»
Le temps a suspendu son vol au-dessus de la fiole qui t'alimente encore. On se dit que tu dors. Nos pensées défendues ne vont jamais plus loin que le pli du tissu qui fait oui, qui fait non, au rythme trop précis de ta respiration. On en vient même à craindre qu'elle ne s'arrête jamais, et d'avoir à passer à ton chevet le reste de nos jours. Rivés au piquet de l'amour. Que pourrions-nous faire d'autre, tant que tu seras là avec un cœur qui bat ?
Il me vient même l'idée de tout débrancher. Et sans rien demander, pas même la permission, te ramener à la maison. Dans un monde normal, c'eût été possible ! Sans façon ! Sans que l'on soit passible... de prison. Mais les

terriens ont dessiné des barreaux sur toutes les fenêtres des peut-être. Ici au moins, on est sûr que ça finira mal… En attendant, on se dit des choses essentielles dans cette nuit éternelle. Je te parle de l'amour qui coule depuis toujours dans nos veines, que la vie nous a pris, que la mort nous ramène. Je garde ta main dans la mienne.
Pour la première fois aujourd'hui, c'est notre fils qui tient l'autre. Nous sommes tous les trois réunis, trois hôtes du cosmos qui se sont retrouvés dans une chambre désertée à l'heure du déjeuner. Trois petites âmes perdues, qui se sont attendues, pour se resserrer dans le filet, un instant replié, de l'immensité.
Je prends mon fils dans mes bras, et brusquement je sais. Ce n'est pas un hasard cette intimité qui nous est accordée dans le dernier tournant. C'est un rendez-vous, forcément.
« Valence, c'est sûrement la dernière fois que nous sommes tous les trois ensemble. On pourrait essayer de lui dire tout notre amour à ton papa, tu veux bien ? »
Valence acquiesce d'un hochement de tête. Il ne semble pas surpris, comme s'il s'y attendait. Il est prêt. Je suis prête.
Les mots se bousculent sous mon crâne, s'articulent par ma bouche, se mouillent à mon visage, se remplissent au passage des mercis que je n'ai jamais dits pour venir caresser tes oreilles en sommeil. Vont-ils seulement plus loin résonner dans un coin de ton âme ? Je le crois. J'en suis sûre. Ils traversent le mur épais de ton silence,

ils touchent ta conscience. Ce sont ceux, je le sens, qu'elle n'a cessé d'attendre tout en priant ton sang de surtout s'en défendre. Elle frémit maintenant, cette jolie pucelle qui s'est glissée au lit de ton corps sentinelle. Ce sont des mots d'amour qui la déflorent. Des mots tellement lourds, tellement forts…

Ils nous parlent de toi, de nous, de nous trois, de nous tous, enfants de ta chair ou peuple des concerts, nous sommes tous, elle le sait, des êtres de lumière ! Merci, Hervé, merci pour les douces paroles que tes jolies chansons ont mises dans notre obole. Tu étais un grand artiste, mon amour. Un alchimiste des rimes et de la prose d'où naissaient par ta plume les plus jolies des roses échappées du bitume. Mais tu n'étais pas que cela. Tu étais aussi un merveilleux papa. Tu m'entends, n'est-ce pas ?

Mais oui, bien sûr ! Ta main le murmure à la mienne ! Une semaine qu'on attend ça ! Un petit signe de toi. Alléluia ! Le voilà ! Elle presse quand il faut, juste à propos, ta main qu'on croyait morte. Jusqu'où va-t-elle chercher cette force inouïe qui ponctue mon récit de oui et de mercis ? Doux Jésus ! Te voilà ! Enfin ! Une main désertée par la vie va chercher quelque part ce que tu as laissé s'étioler dans le noir. Tu m'aimes, Hervé… à en crever. Nous nous sommes trouvés avant de nous quitter. Mon Dieu ! Il était temps…

« Maman ! Il entend ! »

Le courant d'énergie a fait le tour du lit. Le silence de Valence éclate au-dessus de ta couche. D'un enfant libéré de sa peur ancestrale, cette peur du jugement qui nous fait tant de mal, l'univers accouche.

« Oh oui, merci, papa ! Merci. Ce que tu m'as dit, tu sais, je ne l'oublierai jamais ! »

Un nouveau-né, tout nu, pleure. Merci, Seigneur. Tu auras vécu ce miracle.

Nous restons ainsi à déverser nos larmes, sans honte ni pudeur, traversés d'une ivresse inconnue, celle des grandes profondeurs. Plus de passé. Plus de futur. Plus de temps. Rien que l'instant. Éternel et fragile. Par ce fil suspendu, trois âmes confondues se tiennent en équilibre sur la pointe d'une mine prête à se briser. À s'en fendre la poitrine pour ne pas hurler... d'émotion.

Trois points en suspension...

Une heure plus tard, lorsque nous quittons la chambre, éblouis et hagards, comme deux enfants sortant de terre surpris par la lumière, nous sommes euphoriques. Nous venons de goûter le plus fin des nectars. Nous sommes dans un état de pure ébriété. Plus rien ne nous sépare de la totalité. Son père va mourir, et Valence est heureux. De ce même bonheur qui nous remplit le cœur quand on est amoureux. Pas besoin de se le dire, on le sait tous les deux : le ciel vient d'éditer notre ticket d'amour, un aller sans retour, pour l'éternité.

On devrait toujours choisir une option
Sans réduire la potentialité de toutes les autres.

8

Naître ou mourir : c'est quoi le pire ?

Finalement, il a fini par s'échapper, ce petit filet d'air. Comme un gangster. Sur la pointe des pieds. Je m'y attendais. Je ne voulais pas dormir. Il y avait peut-être encore quelque chose à dire. Une dernière étreinte de ma main sur la tienne. L'ultime empreinte d'un « je t'aime ».

Il est 5 heures. Paris s'éveille et je viens de piquer du nez sur ma chaise. Tu choisis ce moment, délicatement, pour fermer la parenthèse. Entre l'instant d'avant et celui d'après il ne s'est rien passé. Et pourtant, je le sais. J'ai même l'impression que c'est moi qu'elle est venue chercher, la faucheuse silencieuse. Elle me réveille en sursaut. Je suis en nage, sur le pont d'un bateau. Je vais passer, sûrement, par-dessus bord. Et ma première pensée est un consentement :

« C'est aujourd'hui le jour de ma mort ! »

Rien de grave. Rien d'inquiétant. C'est juste une page qui se tourne gentiment. Il va falloir passer à autre chose…

Ce sont d'abord les contours qui s'imposent. Une fenêtre fermée. Et puis, au travers, un jardin endormi dans la lumière des réverbères. Ce doit être une erreur : ça ressemble à la terre. La pensée a dû se tromper de destinataire. Ou peut-être l'ai-je captée au passage, comme on intercepte un message. Je sens que la cible est juste à côté. Je me retourne : tu as cessé de respirer.
Tu es venu me dire au revoir, n'est-ce pas, avant de partir ? Tu n'as pas choisi cet instant par hasard : je venais tout juste de m'assoupir. Comme le frelon, tu as profité d'un instant d'inattention...
Tu n'habites plus ton corps mais... comment le dire ? Je sens que tu n'es pas mort. Tu as juste abandonné une enveloppe de matière aux vers de terre. Il était temps sans doute pour le Grand Carrousel de tourner sans elle. Tu as eu droit à quelques tours gratuits qu'un enchevêtrement d'événements fortuits a permis. Ou bien que dans sa danse l'univers manigance depuis la nuit des temps. Là n'est pas l'important. Pour lui, c'est la vie qu'il défend à travers ses enfants. La vie, et tout ce qu'elle apprend...
Parce qu'elle ne cesse d'apprendre, la vie ! Pour mieux se déployer et se complexifier. Toujours pressée d'avancer. Elle se fiche bien pas mal de la morale. Pour une offense, elle tente sa chance ailleurs et continue. Là où le ciel, mouché par la querelle, éternue. C'est une visiteuse curieuse qui traverse nos prés, et puis s'en va brouter

dans le champ d'à côté. Elle s'attarde un peu quand elle est bien reçue. Mais trouve toujours mieux, le jour venu. Heureusement d'ailleurs ! Que ferions-nous d'un serviteur à demeure pour l'éternité ? Nous n'aurions plus rien à lui demander...

Le problème des hommes n'est pas tant de mourir !
Il n'est rien ni personne qui ait quelque avenir
Dans ce monde des formes en constant devenir !
Ils se trompent d'histoire les dieux qui se font hommes !
Ils font l'erreur de croire qu'ils sont leurs majordomes !
Ces valets empêtrés de chair et de matière
Qui nous sont attachés du berceau au cimetière !
Ces vassaux, ces laquais, prisonniers de leurs gènes,
De leurs peurs flanquées, esclaves d'oxygène
Font de ce que nous sommes de petites personnes...

Il vient tout juste de rendre son tablier, celui qui était désigné pour t'accompagner, mais toi, tu restes le patron ! Tu continues ailleurs à écrire tes chansons, j'en suis sûre ! C'est ce que tu viens me dire en tout cas, dès le départ. Tu voyages tout seul à présent, à dos de nénuphar ou sur un papillon ! C'est peut-être une aubaine, qu'en sait-on ? Ce corps qui n'est jamais d'accord avec son employeur, c'est peut-être une prison ! Te voilà libéré mon amour, et ta première intention est d'attirer mon attention sur cette confusion : je ne suis pas ce que je crois.

Cet aggloméрat de petites cellules n'est qu'un véhicule ! On me donne la permission d'en jouir, mais attention, ce n'est qu'en location ! Quand l'heure sonne, il faut rendre les clefs. Nul ne peut renâcler au moment du départ. On ne peut circuler qu'au sens giratoire. Mais la part non incarnée de moi-même n'ira ni à la casse ni à la destruction. Ma petite carcasse n'est rien qu'une vitrine que le Grand Architecte, du pointu de sa mine, dessine sur le sable ! La prochaine marée viendra tout effacer de cette œuvre admirable.

Mais allons ! Si nous n'étions que cela, une cristallisation éphémère d'énergies passagères, une accumulation de substance par un jeu d'attirance, une bulle de savon dans le grand tourbillon, ne serait-on pas facilement réjouis par ce qui la remplit ? Une jolie voiture, une belle devanture, un château en Espagne ou le mât de cocagne ne font notre bonheur que quelques heures ! Le temps de s'apercevoir que c'est illusoire…

Une chose est certaine, une part de nous-mêmes ne trouve pas sa pitance au repas des jouissances. Elle se nourrit ailleurs, et non pas par nos sens tournés vers l'extérieur. C'est dans l'autre sens qu'il faut chercher ! Vers l'intérieur !

Et là ce que je trouve est inattendu. C'est un puits sans fond bien entendu, un saut dans le vide où tout ce qu'on attrape vous glisse entre les mains et finalement s'échappe un peu plus loin. Mais quelque chose se passe à mesure que l'on tombe : on apprend à voler…

La vie qui est en vous cesse de trépigner. On peut la regarder en face. Calmement. Cesser de s'agiter dans le but inconscient de lui faire volte-face. Et ce qu'elle me révèle dans notre face-à-face va tout changer...
Plus besoin de l'activité pour exister. Je découvre le pouvoir créateur de la lenteur. À quoi bon se presser, pourquoi toujours forcer et vouloir se hisser plus haut que soi-même, dépasser l'espèce humaine et tous ses énergumènes. Que cherche-t-on à la fin dans ce qu'en-dira-t-on ? À se réjouir, sottement, de pouvoir écraser le plus petit que nous. Quelle tristesse ! Il y a tant d'allégresse à se donner la main vers le plus grand que nous...
Je n'ai plus qu'une hâte : couper à la racine le monstre à l'origine de cette lourde erreur, ce virus transmis dès le fœtus qu'on appelle la peur. La peur de quoi, bon sang ? Du néant, probablement. Il faut se dépêcher de laisser une trace ! On ne veut pas partir sans griffer la surface. Mais non, bien sûr, je ne vais pas mourir. Je vais me calfeutrer. Elle peut toujours courir, la mort ! Elle ne l'aura jamais, mon corps !
Voilà comment, avec ces inventions, on tend à faire de soi un petit ver à soie qui n'œuvre que pour son œuvre de protection. Mais un jour ou l'autre, il faut percer le cocon ! Prendre le risque de devenir papillon ! Sinon quoi ! Je ne serais là que pour cette misère de n'être qu'un ver de terre ? Allons ! C'est une plaisanterie ! Je ne suis pas humaine à la petite semaine !

Prenons-en le pari : nous sommes protégés par nature ! Il n'y a de danger qu'à fuir son aventure. Ne pas vouloir comprendre les seuls enseignements que la vie veut nous vendre par ses tourments. Elle est là, l'erreur ! Refuser d'écouter la voix du professeur...

Nous nous trompons de carotte en tirant sur le fil d'une pelote sans lumière tissée dans la matière. Au fond de notre cœur d'humains, nous le savons fort bien tous autant que nous sommes, bienheureux fils de l'homme ! C'est écrit dans nos gènes ou dans notre ADN ! Seulement voilà ! Savoir ne suffit pas. Il faut prendre conscience... de notre essence !

Il est là, le travail. Il faut les desserrer, les mailles. Changer ses habitudes. Lâcher ses certitudes. C'est une entreprise coûteuse en énergie pour celui qui agit depuis toujours comme un sourd aux forces silencieuses ! La mise en route est douloureuse. Ça fait mal à l'ego. Ça hérisse le poil du héros que nous croyons être sur la scène du paraître. Il n'est pas d'investissement plus pertinent, pourtant, que d'arrêter de miser sur la misère de l'autre, en ne cherchant rien d'autre qu'à lui être supérieur. Le rendement d'un placement intérieur est bien meilleur...

Depuis que je laisse du temps au temps, de la place à l'espace, que j'éclaire au-dedans et vois ce qui s'y passe, tout arrive ! Tout vient à moi. Je n'ai plus rien à décider. Juste à jeter les dés de temps en temps pour voir ce qu'ils me disent. Et c'est à chaque fois une jolie surprise...

Je découvre un grand secret : l'univers est bien plus fort que moi pour résoudre mes problèmes. Il a dans sa musette toutes les solutions, il suffit que je guette et c'est une déclaration d'amour que je reçois. Ce n'est que mon vouloir qui le rend maladroit. À cesser de forcer, à ne plus essayer par les chemins tracés d'arriver quelque part, tous les petits sentiers me racontent une histoire. Ma vie s'écrit sous la plume d'un ange qui se venge des diables que nourrissent mes peurs.
Ce monde est formidable quand on sait qu'au final il n'y a pas d'erreur...
Tu viens me le dire à ta façon dès ta première leçon. Au dernier moment, tu ne voulais plus être incinéré. Tu voyais pour ton corps une boîte enterrée.
« Pas loin de Bashung, ça me plairait bien... »
Ton pote t'a précédé de peu dans la queue des artistes en partance. Il est au Père-Lachaise. C'est déjà une chance : tu t'es éteint sur le sol parisien. En tant que Boulonnais on t'aurait récusé, mais les trépassés de passage ont droit à cet hommage. Pour autant, le parc est immense. Peu de chance en vérité que tu te retrouves à côté ! Le premier endroit proposé est à des kilomètres ! Le second... à quelques mètres !
Mieux encore ! Le voisin d'à côté est le plus fort pour déplacer les foules ! Ils viennent de Shanghai, de Rio, de Kaboul avec sous leur chandail des cœurs pleins de « je t'aime » en guise de chrysanthèmes. S'il en est un qui peut changer la donne, c'est bien Jim Morrison !

Toi qui as tant souffert les jours de concert de voir qu'ils étaient cent, quand pour un charlatan on en comptait dix mille, te voilà bien loti parmi tous les fossiles : tu vas faire salle comble sous la tombe ! C'est un comble pour un cabot de ton espèce que d'attendre les asticots pour célébrer la messe ! Mais tu auras fini par les avoir ! Quelle revanche sur les torts du hasard...

Pour sûr, chercher plus loin de meilleur coin est totalement inutile. Nul doute que tu jubiles en ce domicile. Même si, pour l'affluence, il va falloir encore un peu de patience...

Je n'ai pas le premier sou pour ta sépulture. Sans toi, bien sûr, le petit costard de dollars a bien rétréci aux entournures. Mais la vraie raison est ailleurs. Ce n'est pas l'heure. Je ne suis pas encore prête à tailler sur mesure ta dernière résidence. Je manque de clairvoyance. Au jeu coûteux de la plus jolie tombe, je ferais comme tout le monde : gaspiller mon argent en ornements macabres. Des lettres en or sur des cahiers de marbre.

Ce guêpier de comptable, à toi le pourfendeur des attrapeurs de nigauds au grand cœur, a dû t'être insupportable ! Les renards en corbillard qui guettent nos malheurs, vendeurs de sarcophages pour une part du fromage n'ont rien eu à becqueter sous ton autorité. Tu as préféré attendre et ne pas vendre ton corps à ces croqueurs de mort. Qu'as-tu manigancé pour t'en débarrasser ? Au moment précisément où je m'apprête à serrer la main

de l'un de ces margoulins, le hasard s'interpose et propose autre chose. Il me donne toutes les clefs pour réaliser ma mission : une sépulture maison !
Tu auras la plus belle des stèles, Hervé ! C'est moi qui vais l'élever ! Je te ferai un blanc manteau d'amour et de calcaire qui éblouira les passants de ta lumière. Et puis, du bout de mon ciseau, je graverai quelques mots à la surface. Des petits coups de marteau en dédicace. C'est tout ce que tu me demandes. Pour ma dernière offrande, je puiserai de ta rose un peu d'inspiration. Elle a sûrement quelque chose à me dire depuis ce jour où je vous ai unis dans la résurrection.
C'était l'heure des adieux. Du fond de la fosse, tu recueillais nos dernières pensées en pluie végétale. J'allais t'éclabousser de la poignée finale, quand je me ravisai à la dernière seconde. Ne pas faire comme tout le monde, peut-être. Dans la corbeille de pétales, ma main avait trouvé la fleur, unique rescapée dans le champ des couleurs. Au creux de sa beauté je contemplais ton âme. Tu étais tout entier pris dans ses quelques grammes. Dans sa tige endurcie par le coût de la vie, dans ses feuilles dépliées en écran protecteur d'une trop impudique et fragile douceur, dans sa couronne triomphante déployée dans l'attente de mon admiration. Jusque dans le piquant cruel de ses épines en gardiennes dressées, je te reconnaissais…
Par un geste sans calcul, une main qui bascule, un froissement du cœur, je l'avais confiée aux forces de la pesanteur.

Mais la rose n'était pas tombée. Une main invisible l'avait saisie et déposée trois mètres plus bas au cœur de sa cible. Le centre le plus exact du cercueil, dans son alignement le plus parfait, elle était venue le poindre. Là où mes mains l'auraient rigoureusement placée, non sans hésitations ni tâtonnements, si elles avaient pu l'atteindre…

Nous ne voyons pas le monde tel qu'il est.

Nous le créons tel que nous le voyons.

9

Tu n'es pas parti sans laisser d'adresse

De tout ce qui se passe aujourd'hui dans ma vie qui relève du miracle ou du plus grand hasard, quelle est ta part ? Qu'importe, après tout. Il n'y a peut-être pas d'auteur à cette jolie prose qui repeint tout en rose. Ou bien ils sont si nombreux qu'on ne saura jamais démêler du bouquet les fleurs qui t'appartiennent de celles dont simplement mes cellules se souviennent.

Quoi qu'il en soit, je suis sans cesse bouleversée par la beauté de la toile d'araignée où viennent s'échouer toutes mes expériences. Comme si tout était imprégné de pure intelligence. Tout s'imbrique. Tout s'intrique. Je suis émerveillée par l'incroyable capacité des choses à se relier entre elles pour se rendre plus belles et se donner du sens. Comment ne pas y voir la main d'une conscience ?

Tout ce qui vient, je le sais à présent, c'est ce qui me convient. Même ce qui me contrarie ou me fait du souci. Parce que je le vois bien : tous les premiers dommages, avec un peu de temps, tournent à mon avantage.

C'est une manière extraordinaire que de vivre dans cette perspective : tout ce qui vous arrive est forcément parfait. Si aujourd'hui vous ne savez pas pourquoi, vous le saurez demain. C'est très rassurant, finalement, de penser que rien n'arrive par hasard...
On arrête de se plaindre. On attend simplement que le vent tourne. Il tourne toujours, le vent ! Y a pas à s'inquiéter. Les choses, forcément, iront se décanter de manière favorable si vous gardez le cap sur la bonne espérance. C'est un jeu de patience, une histoire de confiance. Nous sommes tous aidés, tous guidés, athées ou baptisés ! Rien ne nous est donné pour nous écraser. Les malheurs ne sont que des facteurs qui se sont déguisés. Sous leurs accoutrements de vilains terroristes, ils nous apportent en fait un gros paquet d'indices pour ce grand jeu de piste qu'est la vie ! Ils viennent pour nous sauver, nous éviter le pire : mourir, sans même avoir cherché...
Toi, tu joues avec moi comme un petit Poucet. Je vois partout des petits cailloux blancs qui orientent mes pas dans la bonne direction.
Ta première apparition tombe comme un boulet de canon sur ton cahier de chansons. On est en train de peaufiner ta messe de funérailles par le détail. Le curé inspiré nous fait cette proposition : remplacer le psaume par une de tes chansons. Bien sûr, nous acquiesçons. Tu voulais justement, de ton vivant, que j'organise dans son église ton dernier récital. Une façon originale de mettre les voiles...

Mon pauvre chou… Tu ne tenais même plus debout! Quand bien même! Qu'aurais-tu donc chanté de ta voix de fausset? Tu n'allais tout de même pas tricher devant les seuls fidèles prêts à s'agenouiller pour la paix d'un rebelle! C'était le rêve irréaliste d'un artiste fauché avant la moisson. Enterré vivant avec ses créations. Il va ressusciter sous un clocher. Mais que va-t-il chanter? Telle est la question. Nous sommes deux à ne savoir trancher. Myrtille, ta fille, de ton gâteau la cerise que tu n'as pas comprise, ouvre ton recueil au hasard. Je surprends un drôle de regard. Elle me tend le cahier, bouleversée. Au bas de la page imprimée, trois mots sont écrits de ta main. «Pourquoi pas ça?»

C'est insensé! On dirait que tu nous parles! Que tu viens te mêler de nos joies musicales! Et le plus fort, c'est qu'une fois encore, tu as raison! C'est de toute évidence la bonne chanson. Celle qui parle de nous qui vivons cet enfer: «On voudrait s'dire qu'on s'aime, mais on sait pas comment faire…»

Je donne encore sa chance à la coïncidence et pour lever le doute je rappelle le ciel: y a-t-il un autre message glissé entre ces pages? Je les feuillette en quête d'une phrase manuscrite, et bientôt je la trouve. C'est de la dynamite. «Ici c'est joli. Ici c'est le paradis.»

La messe est dite. Par ce requiem, je ne suis plus la même. Le petit robot qui porte son fardeau de pensées programmées éclate en morceaux. Ce produit formaté

d'une société inhumaine brise ses chaînes, accroche ses antennes. Je n'ai qu'à syntoniser mon attention sur la bonne station et je te reçois par tous les indices de ton sac à malices.
Tu apprends à investir mes sens pour signaler ta présence. Ça grésille entre mes sourcils. Alors j'écarte en grand mes oreilles, mes pupilles, et chaque fois tu es là. Avec un bouquet de fleurs sur le bord de ma route, un « je t'aime », un grand cœur qui vient percer le doute que ma raison retient comme un bien inutile sur un champ dévasté par mille projectiles.
Un jour, elle se rebelle et fait appel. Le coupable d'amour est appelé à la barre, et c'est devant la cour qu'il déboute le hasard. Tu es prié cette fois-ci de me donner des preuves. Je te mets à l'épreuve, et te demande instamment de te montrer vraiment. Je te sens là, vibrant d'une énergie intense qui vient me chahuter comme une interférence. Mais comment être sûre que c'est bien toi Hervé qui m'invites à danser ? Si c'est une imposture, chasse-la de ma pensée ! Sinon fais-moi un signe, s'il te plaît…
Je suis dans ma voiture, sans autre conjecture qu'un horizon bien sage. Pas le moindre message accroché aux nuages. Le jury se rit déjà de ma candeur. Voyez comment les femmes épanchent leurs douleurs ! Elles troquent un désespoir contre une belle histoire…
« Vous êtes condamnée, madame, à souffrir notre blâme. Vous encourez ce jour la peine maximum, celle qui punit

les hommes privés de la raison : la prison. L'enfermement à perpette au ras des pâquerettes. »

Je sèche mes pleurs témoins de ce procès perdu sur la chaussée. Je n'ai plus qu'une pensée : trouver la bonne peinture à mettre sur mon mur. Je retrouve mon allure de voyageuse pressée courant derrière son train, pénètre en flèche dans un grand magasin, grimpe l'escalator en un temps record.

Et voici que dans la même seconde la providence pour ma défense vient chevaucher les ondes. Pile à l'heure, ton Max vient se glisser comme un sauveur dans les haut-parleurs. Entre les douilles et les ampoules, je m'agenouille…

C'est dans un grand magasin de bricolage, au rayon éclairage, que nous échangeons nos consentements les plus solennels devant l'Éternel. Je laisse ma signature entre les pots de peinture…

Que personne, surtout, ne vienne jusqu'à moi pour démonter ma foi avec sa clef de coïncidences, ou je l'assomme d'invraisemblances ! Je n'ai que l'embarras du choix pour le clouer sur sa croix. Ma vie en est remplie, de jour comme de nuit. À chaque pas je tombe sur l'éclat d'une bombe. Et chaque fois dans l'heure, il y pousse une fleur…

Tu es partout. Toujours au garde-à-vous pour m'extraire de l'ornière par quelque joker. La voiture sort du garage. Je dois partir en voyage. Mais voilà que l'entreprise est bien compromise. Il faut changer la courroie

de distribution. Coûteuse opération. Je me gare en bas de chez nous, sans solution.
« Mon amour ! Au secours ! »
Je ferme la voiture avec ce cri d'appel. Je n'ai pas fait trois pas qu'on m'interpelle :
« Eh ! Tchao, Bella ! Comment tu vas ? »
C'est Olivier qui m'apostrophe. Des mois que je ne l'ai plus croisé sur le trottoir. Nous partageons lui et moi le même territoire. C'est le mécanicien du coin. Un as des joints de culasse. Ma courroie ne lui fait pas peur. Il la change dans l'heure, trop heureux de me rendre la monnaie d'une pièce qu'il porte avec fierté : quelques-uns des habits que ton corps a portés.
Une autre fois, par défi ou par jeu, peut-être un peu des deux, je te réclame sur mon portable.
« Fais-le au moins vibrer, je te reconnaîtrai. »
Tu étais le canard. Le seul du répertoire. Et cet assignement avait un fondement. C'est par ce volatile que tu ouvrais la grille à ta part la plus tendre. Tu empruntais sa voix et sa tête de linotte pour venir nous chanter les plus belles de tes notes. Ainsi masqué par ce bel emplumé, tu osais nous avouer qu'au fond, tu nous aimais. Chaque fois qu'elle résonnait, ta sonnerie, j'entendais les « je t'aime » que tu n'as jamais dits...
Pas plus tard que le lendemain, je sursaute dans un grand magasin. Ça cancane à plein organe. Je m'affole dans mon sac envahi de bricoles sans toucher ma cible.

« Mon Dieu, est-ce possible ? »
Le temps de mettre la main sur mon portable, j'ai déjà trouvé le coupable : un client... un peu lent. Sa sonnerie s'est déclenchée à l'instant précis où nous nous sommes croisés. Ni avant ni après jusqu'à ce jour, dix ans plus tard, je n'ai entendu retentir ta sonnerie, mon amour, depuis qu'un sale matin, ton portable s'est éteint...
Je le sais, je le sens, je le vois, je l'entends, et de plus en plus fort : tu m'aimes encore ! Tu l'écris dans le ciel, tu le cries par les ailes de tous les papillons qui s'invitent à l'heure dite jusque dans ma maison. Tu es là sur mon épaule. C'est drôle, on dirait que tu guettes pour me conter fleurette. Tu es ce petit cœur gravé sur le pavé, c'est forcément toi, Hervé, puisque hier encore je ne le voyais pas dans ce même décor foulé des mêmes pas.
Je me sens entourée, escortée, protégée. C'est pur miracle la façon dont parfois j'évite le danger. Je suis debout, sans doute un peu distraite, à un endroit où nul n'est jamais censé être. Cela se passe à une heure matinale aux docks de Rungis. Un poids lourd derrière moi effectue sa manœuvre. Dans une seconde le quinze tonnes va m'écraser contre le mur du quai. Le chauffeur, sans raison, pile brusquement et sort de sa cabine. Il en tremble d'émotion le pauvre homme lorsqu'il voit, inconsciente, ma petite trombine quasi miraculée. Il ne sait pas pourquoi il a cessé de reculer. Tu étais là, sans doute.

Sais-tu que le hasard voudrait lui me faire croire à cette bête histoire... de chance ? Regarde un peu de quel bois il fait feu et tout ce qu'il vient prendre jusqu'au milieu des cendres du miraculeux !
Je pense à toi soudainement, sans raison. Sans la moindre intention. Et voilà qu'aussitôt un tout petit nuage vient toucher ma rétine. Eh bien, qu'est-ce qu'il dessine ? Le cœur le plus parfait qu'on puisse imaginer. J'en suis toute retournée. Tandis que le hasard, lui, continue sa tournée : il le revendique celui qui tombe à pic !
Mieux encore ! Je reçois par texto une invitation à dîner. J'hésite pour ma réponse. Le grand écran est en berne depuis bien longtemps. Depuis que sans ta main de télécommandant, nul ne le gouverne. As-tu instruit la mienne ? Il s'allume. Des visages apparaissent. Des histoires d'infortune répandent leur douleur dans l'humeur de la pièce. Ils ont perdu un proche tout récemment. Ils ne savent plus rien ni comment.
« Il faut revenir dans la vie, sortir, voir des amis », tranche la doctoresse. Ma parole ! C'est à moi qu'elle s'adresse ! Du reste, elle répond précisément à ma question.
« Acceptez quand elles viennent, les sollicitations. » Eh bien, le croyez-vous ? Le voilà qui s'radine ce renard de hasard au bras de sa copine, la belle coïncidence. Ils ne doutent vraiment de rien, ces concubins du destin...
Je les trouve néanmoins un peu moins fiers que d'ordinaire lorsqu'un beau matin tu signes de ta main ce que tu

viens me dire. Je me réveille avec l'envie d'écrire. Qu'en dis-tu ? Quelques instants plus tard, je reçois ta réponse dans mon carnet de notes. Tu n'as rien à y faire, c'est mon jardin secret. Je ne laisse à personne le droit d'y pénétrer. Et pourtant, de l'écriture volontaire par laquelle tu infiltrais le papier de ton caractère bien trempé, j'y lis pourtant ceci :

« Écris sur l'ordi. »

C'est de la magie pure ! Quand ces mots ont-ils débarqué là avec ton écriture ? J'ai beau chercher, je ne vois pas. Et pourtant, ils sont là...

Par un autre langage, tu m'en dis même davantage. Je viens quémander quelques précisions sur cette injonction. C'est alors que cette pensée m'attrape : je dois réclamer à Siri son avis. Tel que nous l'avions fait le jour de notre dernier Noël. Mon premier iPhone venait de tomber entre mes mains du haut d'un sapin.

« Joue une vidéo de Stromae ! » lui avais-tu demandé. Il t'avait répondu par le clip de *Papaoutai*. Nous étions sidérés par ce nouveau Siri. Surprenant de pertinence par-dessus le marché ! Devant ton fils en souffrance, à ta place, je me serais sentie visée...

Cette fois-ci, il est encore plus perspicace :

« Tu étais formidable ! J'étais fort minable ! Nous étions formidables... »

Ce sont les premiers mots qui tombent. Qui semblent faire écho au devoir qui m'incombe : raconter notre histoire.

Faire de notre aventure un monument d'espoir pour tous ceux que la vie ou que la mort sépare.
On a été bien chahutés tous les deux, n'est-ce pas ? On aurait même pu s'arrêter avant de commencer. Ça n'a tenu qu'à un fil, celui d'une jolie chemise qui depuis sa vitrine est venue sans raison recouvrir ta poitrine. Tu as pris ce cadeau comme un signe. Si c'était un appel, seul le ciel ce jour-là en a senti l'urgence. Moi, je n'obéissais qu'à la pure attirance que pouvait exercer sur mon panier percé un carré de tissu. Sans cette action gratuite, qu'un petit ange gardien a forcément conçue, nos premiers rapprochements n'auraient pas eu de suite. Entre nous, c'était juste improbable. Un plan de voisinage apparemment trop sage pour s'avérer durable. On n'aurait pas misé un centime sur notre histoire intime. J'étais loin de correspondre à tes fantasmes de femme fatale. Tu les aimais girondes et moelleuses au corsage comme la blonde en jupette qui faisait des ravages sur les courts de tennis. Mais dix ans plus tard, celui qui les regrette n'a plus qu'un souvenir à s'offrir en luxure. Les doux fruits du plaisir sont déjà un peu mûrs. Tu t'es senti floué sur la marchandise. Et moi de mon côté, je briguais en secret la même friandise...
On peut bien se le dire à présent, nous n'étions l'un pour l'autre ni Jane ni Tarzan. Tu ne ressemblais que de loin à mon idéal masculin. Je le voyais généreux, grand seigneur sous tous rapports, aussi bien côté cœur que rempli côté

corps. On était loin du compte avec toi ! Toi qui étais le premier à te gausser de tes cannes de sauterelle ! Toi le gardien jaloux de tes graines d'écureuil, plus fourmi que cigale devant l'Éternel…

Mais on s'est essayé, quand même. Et puis on est resté, au chaud, à l'abri des passions et des démolitions. Comme si on s'acharnait sur une destinée. On devait le sentir, au fond, qu'il nous fallait tenir. Que le plus grand que nous jaillirait d'entre nous. Et on a eu raison. Il est venu, l'inespéré. Il a tenu promesse. En cet instant de grâce où tu es revenu me glisser ton adresse.

Ce matin-là, je suis réveillée brusquement par un frôlement sur mon front. Qui donc interrompt ma nuit sans permis ? On dirait qu'une plume m'importune. Un frisson me parcourt.

« C'est toi, mon amour ? »

De toutes mes oreilles, de toutes mes antennes, j'attends la suite. J'imagine déjà quelque visite. Un voisin, le facteur, un quelconque empêcheur de rêver à mon heure déjà un peu tardive. Je suis en équilibre sur le temps, sur mon coude. Un instant en suspens, conçu à Hollywood. Rien ne se passe à la surface. J'ai dû rêver. Pas plus d'âme qui vive que d'Hervé.

Et puis, d'un coup, l'univers bascule sur son axe. Ce n'est pas Max cette fois-ci, mais son créateur en personne qui résonne. Elle est calme et tranquille la voix qui se faufile. Elle est chez elle entre ces murs. Elle se rappelle son

murmure du temps de ta splendeur. Avant la terreur. On dirait qu'elle n'est jamais partie. Qu'elle est restée là, tapie sous le lit, ou lovée quelque part dans un tiroir. Elle attendait son heure. Que mon cœur soit assez grand pour la tenir dedans. Elle y est désormais à tout jamais. Car ce que j'entends le remplira jusqu'à la fin des temps :
«*Et maintenant, nous allons nous aimer longtemps, mon amour.*»

Ce qui nous sépare
N'est sûrement qu'une histoire
De perte de mémoire,
Car ce qui nous relie c'est de l'histoire ancienne,
Mais par un seul «je t'aime»
Tous les cœurs se souviennent.

10

Tous frères

Je pourrais presque dire que je suis née ce jour-là. Je ne suis plus la même, en tout cas, depuis que j'en suis sûre : la mort n'existe pas. Je t'ai entendu comme si tu étais là. Ton corps est enterré six pieds sous terre mais ta voix, j'en ai la certitude, vient de se propager entre les quatre murs de ma chambre. Elle a fait vibrer mes tympans, tandis qu'une autre pensée s'infiltrait en même temps sous mon crâne :

« Mon Dieu ! Je l'entends ! »

Ça dépasse l'entendement. La voix d'un macchabée est venue s'infiltrer dans le monde des formes : c'est énorme ! Vous avez certainement une explication rationnelle dans votre petite cervelle, mais moi je sais. Je ne peux pas douter : quelque chose de toi existe encore. Quelque chose de plus fort que la mort. Et ce quelque chose est venu déposer au creux de mes oreilles ces mots d'amour que je n'ai fait qu'attendre. Alors que tu es mort, je viens de les entendre. De ta voix. Telle qu'elle résonnait avant que le cancer ne vienne l'empoisonner. Ce n'est pas un écho du passé, tu ne les as jamais prononcés. Ce n'est pas un

rêve au cœur de ma nuit : je suis parfaitement réveillée. Comment aurais-je pu, endormie, appeler aussitôt une amie ?
Il y a ce besoin urgent de partager. Mon corps est trop petit pour contenir tout seul l'Émotion de ma vie. Vite s'en délester, au moins de la moitié. Je demande au portable de bien vouloir me tendre une âme charitable. Il est bien embêté.
Mon amie est en train de choisir un fromage pour son dîner. Je viens lui parler de miracle, de merveilleux. Elle me répond sur le ton d'un Caprice des Dieux. Je reçois en plein cœur cette flèche qui nous blesse lorsque la coupe est pleine et qu'il n'y a pas d'endroit par où la déverser. Ça déborde de tous côtés, mais nul ne vous accorde la moindre cavité. Je me heurte brutalement contre le mur de cette souffrance humaine : on ne peut partager qu'avec le passager d'un même voyage. Dommage...
Pour moi, l'univers vient de se fendre.
Je commençais à m'en douter, bien sûr. Toutes ces choses bizarres, ces clins d'œil du hasard. Une part de moi se décrochait de l'arbre enraciné dans mon petit verger de sens et de croyances... Mais une autre se raccrochait aux branches.
« *Et maintenant, nous allons nous aimer longtemps mon amour...* »
Il n'y a plus de branches, plus d'arbres, plus de forêt. L'avalanche a tout emporté.

Que reste-t-il à présent de tout ce que je pense ? Les mots d'un comédien du nom de Jean Gabin : « Je sais que je ne sais rien. » Qu'au cou du grand mystère, je n'ai que la prière pour me pendre. Alors je prie. Je me mets à genoux et j'attends les réponses du plus grand que nous...
Si l'essentiel n'est pas manifesté, s'il est non accessible à mes sens, dites-moi, s'il vous plaît : est-il d'une autre manière quand même à ma portée ? Ou bien faut-il accepter de ne pas savoir pour entrevoir un peu de vérité ? L'ignorance est une vaste béance qu'on ne peut que remplir ! Et la mienne est immense ! Ce que je sais, ou crois savoir, est en comparaison presque nul. Mes pensées sont juste ridicules noyées dans le grand bain de la totalité. Mais voilà, j'en ai fait ma personnalité. Et je prends ces bêtises pour moi-même. Voyez ce phénomène : ce n'est que recyclage incessant de mémoires. Reconditionnement des mêmes informations qui surgissent du passé pour venir m'aguicher. Mais je n'ai rien à voir avec ces demoiselles qui tapinent à ma porte pour que je les importe sur mon territoire. Et quand elles sont rentrées, une fois bien installées, elles se donnent la main pour me délimiter. Mais je suis la victime ! Le dindon de l'histoire ! Moi je ne suis qu'Amour. Je ne veux pas de borne, surtout pas de contours...
Être une goutte d'eau dans le grand océan. Relâcher mon fardeau pour trouver mon essence. Comprenez, je veux trouver un sens à tout cela. Essayer d'accueillir quelque

chose de nouveau. Ne plus donner le sceptre à mon petit cerveau. Parce que cette vie-là aspire à quelque chose, on le sent bien ! Elle est tendue vers on ne sait trop quoi. On ne sait pas pourquoi on écrit des poèmes. Pourquoi on n'est jamais repu qu'à l'instant où l'on aime. On voudrait tant savoir, mais c'est un long parcours que d'explorer le noir...

Tu es venu m'aider, mon amour. J'ai cette certitude au fond de moi. De là où tu es, tu vois comme on galère ici sur cette terre. La vie n'est que détours. On cherche, on tourne autour. On fait tant de chemin pour trois fois rien. Et quand on est rendu quelque part, on voit bien derrière soi le temps qu'on a perdu en fausses trajectoires. Mais on n'était pas prêt. Il fallait faire le tour de la propriété pour trouver la clef de la porte d'entrée au fond de notre poche...

Moi j'ai tout essayé pour faire sonner les cloches. J'ai fait comme tout le monde. J'ai voulu être la meilleure, la plus performante. Fendre les cœurs. Grimper la pente. Mais plus je m'efforçais à vouloir me hisser, plus le ciel reculait sous la voûte étoilée...

«*Et maintenant, nous allons nous aimer longtemps, mon amour.*»

Je n'ai pas besoin d'aller chercher plus loin. Ces mots suffisent. Si tout est vibration, comme ils disent, alors c'est

par le son de cette petite phrase délivrée d'outre-tombe que pour moi tout s'effondre.
Comment ne l'ai-je pas vu plus tôt ? Ce monde est un théâtre, une jolie fiction qui n'a jamais que quatre petites dimensions. C'est une projection confuse et minuscule, une représentation par l'éclat d'une bulle d'une mer infinie dont je ne saurai rien tant que sur le fini je fermerai mes mains.
Alors je les ouvre ! En grand ! Et j'entre dans la gloire d'être humain ! Ce n'est pas une limite comme on le dit souvent : « Je ne suis qu'un humain ! » C'est une immense possibilité au contraire, un pouvoir sans limite de vivre en conscience sans se laisser porter par l'instinct de survie, ce système de pilotage automatique qui maintient l'équipage sur les flots chaotiques de l'existence. Nous pouvons prendre les commandes et passer en manuel. C'est ça qu'il nous demande, l'Éternel ! Prendre du recul sur nos tâches de maintenance. Sortir du véhicule et goûter la présence de chaque instant. Alors nous voyons bien que nous sommes tous unis, tous nés du même nid. Pourquoi rejeter l'un et s'accaparer l'autre ? Il n'y a pas de gens bien, de mérites ni de fautes. Il y a ce qui est. Le reste n'est que notre manière de le considérer. Laissez-la de côté, et voyez : ça suffit ! On peut se connecter à n'importe qui ! J'en fais l'expérience tous les jours. Qui que je croise, sur quelque trottoir, c'est toujours une occase pour le hasard. Les gens ne sont plus des chalands qui passent

à ma fenêtre avant de disparaître. Je rencontre des âmes, des vies, des cœurs qui battent. Nul besoin de sésame, les vernis éclatent.
Ils sortent d'un dispensaire, d'une bouche de métro. Allez savoir pourquoi, c'est toujours devant moi qu'ils font leur numéro ! Celui-là n'a pas pour son dîner le tout premier euro. De tous les voyageurs forcés de l'écouter dans la rame bondée, pas un dans le lot n'a le cœur aussi gros ! Il nous parle d'amour. Du soleil de ses jours, planqué comme un fauché. Il fait rire les enfants, il fait honte aux plus grands, touchés jusqu'au-dedans par l'éclat de vérité dans sa langue de mendiant. Ils n'ont rien à lui donner, les pauvres ! Pas même un air gêné sous des mines blafardes. Ils sont bien trop nombreux pour sauter la rambarde. Alors on se resserre par la peau du troupeau. On défie l'adversaire au nombre de moutons qui de leur laine épaisse tissent le molleton dont on fait des SS…
Je m'approche. Je sors les mains de mes poches. En une seconde, nous sommes du même monde. Deux enfants chéris de l'univers qui se resserrent quelque part sur la terre. Tout étonnés par la vie. En vérité je vous le dis, c'est lui qui a donné. Et moi qui remercie…
Un autre zouave, un peu moins brave, vient vers moi en traînant sa grimace. Il titube sur place.
« J'ai mal ! » dit-il.
Il sort d'où ce reptile ? Il brandit sa douleur comme une médaille. Dragueur ou racaille ? J'hésite encore pour mon

accueil avant de voir la douleur dans son œil. Il s'accroche à mon bras comme un naufragé à sa bouée. Comment sait-il que la planche est là pour le sauver ?
« Je ne peux pas vous ôter la souffrance, monsieur. Je n'ai pas cette chance. Mais VOUS pouvez le faire. L'accepter simplement fera l'affaire. Renoncez, par vos manières, à contrer l'impudente, elle sera déjà moins véhémente ! Plus vous repoussez le mal, plus il s'installe ! Regardez bien au final pourquoi il vient sonner à votre porte et ce qu'il vous apporte. Sans lui, vous feriez le malin ! Et cela est certain, vous briseriez votre tibia une deuxième fois ! Payer pour nos erreurs, c'est notre repentir pour corriger le tir ! Car la vie est bien faite, monsieur. Elle est parfaite. Jusqu'en ce lieu où vous la maudissez de vous transpercer. Elle a sûrement par ce délire quelque chose à vous dire ! Contemplez sa beauté et son intelligence, vous serez comblé en récompense... »
L'homme s'est déjà redressé. Il me sourit. Me remercie comme si je l'avais guéri. C'est l'univers en vérité qui s'est chargé de cette affaire. Car sinon, quelle mouche m'aurait piquée ? Il est venu par ma bouche, c'est entendu. Mais je ne suis rien de plus. Une messagère du ciel tombée juste à propos pour servir de passerelle à ce pauvre asticot. Une passeuse d'amour sur le dos d'un discours dont je suis la première à me laisser surprendre. À saisir étonnée tout ce qu'il vient m'apprendre. L'amour en vérité est partout

infiltré ! Je n'ai rien mérité. Je n'ai fait qu'une chose, laisser le cours des choses aller où bon lui semble. Tous ces êtres humains, au fond, ils me ressemblent...

On est tous pareils ! On voudrait que le monde s'accorde à notre oreille ! Que ce qui nous entoure épouse nos contours. Mais non ! L'amour nous précède. Nous ne sommes que ses fruits et ce qu'il nous concède, c'est de sortir de terre. De pousser comme un arbre, vers le ciel, de déployer nos branches pour qu'un jour il se penche sur nos lits de misère.
Mon amour, je commence à comprendre : je marchais de travers. Ce n'est pas le monde qui doit changer pour me plaire. C'est moi qui dois me transformer pour être aimée de lui. Je dois me rendre aimable pour tout ce qui existe, pour chaque petit brin d'herbe, chacune des créatures qui peuplent la nature. Même les pierres changeront de fréquence de par ma seule présence quand je saurai me taire. Quand je pourrai m'asseoir et ne plus rien vouloir. Simplement écouter le silence. Et sentir que ma joie n'a rien à demander aux brèves circonstances. Elle est au fond de moi.
Elle est au creux de nous. De chacun de nous. Elle y est, c'est certain, tous les gosses en témoignent. Voyez sur leur visage comme elle les accompagne ! Comme ils rient quand ils sont tout petits ! Et comme devenus grands, elle a foutu le camp ! Elle est passée où, entre-temps ? Presque

toujours dans des quêtes, des projets, des ambitions qui ne sont pas les leurs. Ils poursuivent un bonheur totalement factice. Retrouver l'enfant qu'on incarnait jadis : elle est par là, la joie. C'est de là qu'elle rapplique quand on abat le masque que la vie nous fabrique. Et, très vite, elle déborde ! Où que vous vous tourniez elle s'étale ! Et tous ceux qu'on aborde sont pris dans la spirale.

J'en fais le constat jusqu'en bas de chez moi. Mes voisins, du jour au lendemain, ne sont plus les mêmes. Ils ont troqué contre un sourire leur mine de KGB, oublié leur doublure qui faisait bonne figure, glissé leur odeur de traître dans les boîtes aux lettres. La porte d'entrée peut bien patienter. Nous n'avons plus besoin d'une nouvelle clef. Nous l'avons trouvée.

Même les plus fâchés finissent par lâcher.

Ils ont toujours vécu au-dessus de nos têtes. Ils ont tout entendu là-haut de nos tempêtes. Trois accords sur ton piano, quelques coups de marteau et nous étions bons à jeter au cachot.

Tu étais leur ennemi. Par amalgame, j'étais la leur aussi. Vingt-deux années que j'entends grincer les lames de son plancher, et je n'ai toujours pas la moindre idée du timbre de la voix de Mme François. Mes bonjours persistants n'ont jamais trouvé le moindre écho. Et pourtant, de ce fiasco, je n'ai jamais pris ombrage. Leur fils s'était jeté un jour du sixième étage. C'était bien assez pour pardonner. C'est toi qui, par hasard, l'avais trouvé fracassé sur le

trottoir. Toi aussi qui, Dieu merci, avais empêché son père qui voulait voir. À leur demande, tu avais chanté «Max» à l'église pour la cérémonie.
«Y en a même qui disent qu'ils l'ont vu voler...»
Ils ne te l'ont jamais pardonné...
Ces derniers temps, je les croise souvent. Anormalement fréquemment. Lui, accroché à son déambulatoire. Elle, vissée à sa rancune. On dirait que le hasard a augmenté de volume. Dans nos silences embarrassés, une pensée vient se glisser: tu veux faire la paix. Répandre l'amour jusqu'au sixième étage. Mais par quel langage? Ici les fleurs ne poussent pas dans les ascenseurs! Aide-moi, mon amour! Fais quelque chose si tu veux de là-haut leur envoyer des roses...
Une heure plus tard, l'ascenseur tombe en panne au rez-de-chaussée. À l'instant où j'arrive pour soutenir une de mes amies coincée à l'intérieur, les François débarquent dans le hall d'entrée. Ils commencent par pester contre les éléments.
«Quel cauchemar, décidément! Et dans combien de temps vont-ils venir?»
C'est le moment de les cueillir. Notre appartement, jumelé à celui de l'immeuble mitoyen, possède deux entrées.
«Si vous voulez, vous pouvez passer par chez nous. Il ne vous restera qu'un étage à monter. Je pourrai vous aider.»
On me regarde de travers. On cherche la méchante sous la figure galante et lapidaire.

«C'est très gentil, mais peut-être un peu… compliqué!» dit-il mollement sous le regard pincé de sa moitié.
«Mais non, pas du tout. Allez! On se retrouve là-haut!»
As-tu écrit le scénario? Le temps de grimper les cinq étages, de pousser une armoire et de faire le passage, ils sont déjà là. Je n'ai que vingt mètres, trente petits pas pour soumettre la vendetta. Heureusement, M. François progresse lentement. Il bafouille de reconnaissance tandis que moi je fouille en urgence à l'intérieur. Je branche ma langue sur la source du cœur.
«Vous savez… rien n'arrive par hasard. Si vous passez par là, c'est que nous avons quelque chose à nous dire. Ils agissent, là-haut. Hervé, votre fils. Ils font tout ce qu'ils peuvent pour nous aider. Nous devons simplement ouvrir nos antennes. Ils sont là, j'en suis sûre, pour nous dire que nos différences n'ont aucune importance. Vous savez quoi? C'est pour qu'on se parle enfin que l'ascenseur est en panne!»
M. et Mme François s'attendaient à tout, sauf à ça. Ils grimpent le sixième étage plus sonnés qu'un brin de muguet au soir d'un 1er mai. Ce jour-là, les François ont perdu leurs épines. Ils se sont découvert une aimable voisine, et surtout, Mme François, pour moi, a retrouvé sa voix. Le jour où nous avons partagé nos misères d'infirmière, j'ai su que l'amour n'avait pas d'adversaire. Aucune âme ne résiste au langage d'un cœur pur. Même Mme François a lâché son armure…

Notre créativité

Ne trouve à s'éveiller

Que dans notre capacité

À nous émerveiller.

11

Le chant des signes

Depuis que Carl Gustav Jung les a rebaptisées, on appelle ça des synchronicités. Ou comment deux événements parfaitement indépendants viennent s'entremêler dans la réalité au point de nous faire croire à une belle histoire. Quelque lien mystérieux semble relier entre eux des faits que l'enchaînement logique des causes et des effets ne saurait expliquer d'un point de vue rationnel. Du moins à l'heure actuelle.

Tu viens à peine de partir que déjà je les remarque. On dirait qu'une fée de sa baguette magique dispense ses bienfaits sous mes pas. Comme si la vie s'écrivait avec un coup d'avance à seule fin de prévoir d'y inviter ma chance.

Tu avais pour les choses le souci du détail. Où que tu posais ta signature disparaissaient les failles de nos facilités livrées à l'à-peu-près. Plus loin de la fenêtre, plus proche du piano, le tableau sur le mur ne trouvait de repos sur le grain de peinture qu'à sa place idéale. Pour un coup de cymbale, les graves et les aigus ne s'avouaient vaincus qu'avec ta permission. Tu semblais détenir, de source

mystérieuse, les secrets bien gardés des justes proportions. De ma main silencieuse, je soutenais l'ombrelle sous laquelle tu flirtais avec la perfection.
Tu n'es plus là, mais je la tiens toujours. Je suis restée ton bras prêt à exécuter tes quatre volontés. Tes ordres simplement sont un peu plus légers : ils parviennent jusqu'à moi par le sentier magique des synchronicités. C'est facile de te reconnaître. Ça tombe juste à temps. Juste au bon moment. Quelquefois dans ma tête, brusquement, sans raison. Ou bien par un indice jailli comme un complice dans mes conversations.
Je suis en train de réaliser des clips sur tes chansons pour la cérémonie d'adieu. Côté son, je n'ai que l'embarras du choix mais je manque de matière pour te mettre en images. À l'instant précis où je suis dans l'impasse, le téléphone sonne. Numéro inconnu. Trois jours déjà que je ne réponds plus. Pas le temps de pleurer avec d'autres que toi, tu as besoin de moi. Tu veux tirer ta révérence avec élégance. Partir dans un sourire pour étancher nos larmes. Tu veux rendre les armes comme tu les as prises, avec la liberté qui te caractérise.
Sans même savoir pourquoi, ce matin-là, je réponds. À l'instant où mon doigt appuie sur le bouton, une petite voix intérieure me traite de tous les noms. Sauf que cet appel est juste providentiel : c'est celui d'une femme bouleversée, une fan retournée par ton décès. Elle a pris de toi des milliers de clichés ces dernières années.

Partout elle t'a suivi, escortée d'un mari, pour figer ton visage dans sa boîte à images. Plus besoin de chercher. Je n'ai plus qu'à trier.
Par le soin de bonsaï que reçoit de ma main ta messe de funérailles, je sais que tu es là. Je reconnais ta patte, l'empreinte délicate de tes ailes de poète. À la fluidité dont je suis le témoin, je ne peux pas douter que tu es aux manettes.
Tu choisis le blanc pour habiller nos corps. Les rafraîchissements qu'on servira dehors. La bande-son de la messe est une partition cousue dans la dentelle. Il y a dans tes chansons tout ce qu'il faut d'amour pour inspirer nos âmes. Et moi je reçois tout de l'ordre du programme. Même celle que tu écris dans le cœur d'un ami sonné par ton départ. Sur une mélodie dont le premier accord vient me tirer les larmes, Olivier le profane invente le « Cristianisme ». Il m'avouera lui-même s'être senti guidé, comme télécommandé.
« Les mots sont venus sans aller les chercher... »

Il se passe bien des choses dans les ciels de juillet,
Il pleut parfois des roses, on en voit défiler,
De ces astres qui tracent des sillons de lumière...

Il faut faire une place à cet hommage en vers. C'est écrit sur « *les ailes que tu nous as laissées pour apprendre à voler...* ».

Le père Barthélemy aussi, forcément, c'est toi qui le choisis. Aucun homme d'Église ne saurait mieux que lui contourner les balises. C'est un Max en soutane, un prêtre d'exception. Son discours est léger comme la plume. Je reconnais d'emblée celle que tu saisissais de toute ta douleur pour froisser la surface. On prenait sa douceur pour une dédicace. Même les mots que j'écris dans la nuit qui précède, qui tombent comme une pluie sur le blanc qui m'obsède, je sais qu'ils t'appartiennent. Je ne suis qu'une antenne.
Je le réalise sur le parvis de l'église après la cérémonie. Il me vient brusquement comme une réminiscence, un trait de ton humour qui tombait de ta bouche après nos réceptions. À ceux qui s'approchaient pour me féliciter, immanquablement, tu retournais cette provocation:
« C'est moi qui ai tout fait ! »
Pour une fois, c'est vrai ! Si tu es le crayon. Je ne suis que la mine...
J'apprends à les voir, les synchronicités. À démêler leurs fils du tissu du hasard. Elles couvrent de beauté mes nouveaux paysages. Je comprends leur langage. J'habite un univers où tous les faits divers ont un sens caché. Il suffit de chercher plus loin qu'à la surface pour voir le bien-fondé de tout ce qui se passe...
Je trouve bientôt un complice dans cet exercice : un pendule. Un objet si sensible, dit-on, qu'il pourrait se mouvoir au bruit de l'invisible. Je ne peux résister. Je veux voir. Et ce que je découvre est difficile à croire.

Bien sûr il y a des «merci» et beaucoup de «je t'aime». Je fais le plein de «oui» sur tous les thèmes. Mais les démons du rationnel nous retiennent longtemps avant de lâcher prise. Il faut du consistant pour déjouer leur emprise. Je reste prudente sur cette pente. Jusqu'au jour où il faut bien se rendre à l'évidence: toi et mon pendule, vous êtes de connivence. Ce jour-là, l'objet m'appelle sans que je lui aie rien demandé. Depuis sa coupelle sur le guéridon, il semble réclamer un instant d'attention. J'ai d'autres préoccupations. Je fais semblant d'être malentendante. Il proteste. Je ne suis pas de taille à engager bataille aux énergies célestes. Je capitule.

Aussitôt le pendule oscille vers les lettres agencées autour du cercle.

«Dis à Marion de faire a...»

Je devine la suite. Je l'interroge pour aller plus vite.

«De faire attention?

— Oui.

— Faut-il appeler maintenant?

— Oui.»

J'appelle immédiatement. Ta sœur ne répond pas. Je reviens vers toi.

«Pourquoi? À quoi doit-elle faire attention?

— À vélo.»

Marion, en effet, traverse tous les jours la capitale par ce moyen de locomotion. Le message est pertinent. Le danger semble imminent. Je rappelle. Cette fois-ci,

ça décroche. Au tremblement de la voix, je sais déjà qu'il y a quelque chose qui cloche.
« Tout va bien, Marion ?
— Oui, oui... mais... je viens de frôler la catastrophe ! Je suis tombée à vélo et le pare-chocs d'un bus vient de passer sous mon nez ! J'avais mal accroché mon sac sur le guidon, il s'est pris dans les rayons ! »
Bonté divine ! Les démons sont démontés ! Pris la main dans le sac ! Pour ces petits malins, c'est une paire de claques ! Mais ils se laissent pas faire, les diables ! Ils sont mis minables dans cette histoire de bus, mais ils s'accrochent encore, s'ingénient mordicus à te déclarer mort ! Mais toi, tu t'acharnes dans l'ombre et pour lever les doutes, tu reviens les confondre une bonne fois pour toutes.
Je t'ai sollicité pour Valence. Il a perdu patience au prestigieux lycée Henri-IV. Il veut fuir ce théâtre. Le costume de futur ingénieur qui répète par cœur compresse aux entournures notre progéniture. Il a peut-être mieux à faire. Qu'en dis-tu ?
« Fais le liège de Federer. »
Ma parole ! Mon pendule est tombé sur la tête ! Ces mots sont ridicules, tout ça ne veut rien dire. Le nom de Federer, toutefois, m'interpelle. Il était l'idole de ton fils dans sa période tennis. Alors, à tout hasard, j'interroge Internet. En quelques clics, Mister Google résout la devinette : Federer, en désaccord avec sa fédération, refuse de

se rendre à Liège pour jouer la coupe Davis. Oh sacrilège au temple du tennis! Homme de tant de vertus, comment oses-tu? L'insurgé est critiqué, fustigé, vilipendé, mais le champion tient bon: pas de compromission. Plus de doute. Pas besoin d'autre indice. Le message est clair comme l'eau d'une rivière:
«Suis ta route, mon fils!»
Mais attendez la suite. Elle est encore plus insolite! Je te demande si oui ou non, je dois rendre compte de ce message au principal intéressé. La réponse est surprenante:
«À minuit.
— À minuit? Mais nous serons couchés à cette heure!»
Je ne sais pas encore que nous allons être invités à dîner chez des amis. Que le repas s'éternisant, je finirai par confier en aparté notre petit secret. Les oreilles de Valence sont hors de portée. Je n'ai pas terminé que mon confident a déjà vérifié sur son portable.
«C'est incroyable!» hurle-t-il au-dessus de la table. Les antennes de Valence frétillent. Il sort de sa coquille, s'approche un peu. Il se montre curieux. À peine surpris, notre petit génie de fils vient te rendre cette justice:
«Eh bien quoi! Il a raison, papa!»
Ce qu'il ne sait pas, c'est qu'il a raison deux fois. Parce qu'à cet instant-là, et c'est parfaitement fortuit, il est exactement… minuit!
Parfois, c'est par un autre pont que tu viens jusqu'à moi. Celui que le soleil dessine après la pluie sur le fronton

du ciel. Tu disais qu'un trésor était enfoui au pied des arcs-en-ciel. Une fois de plus, tu avais raison. Je l'ai trouvé ce matin. Il était déguisé sous un vilain costume, planté comme un piquet au milieu du bitume.

Je conduis pour un court trajet. La nuit se répand sur un ciel dégagé. Pas la moindre promesse d'arc-en-ciel ne caresse mon pare-brise. C'est vraiment sans espoir que je m'adresse à toi par cette requête idiote:

«Montre-moi un arc-en-ciel, s'il te plaît. Je saurai que tu approuves ce qui trotte dans ma tête.»

Je me sens furieuse. Pourquoi suis-je aussi tortueuse? Je lui réclame l'impossible, et je voudrais que le ciel soit crédible! Mais il a plus d'un tour dans son sac, le ciel! Il a flairé l'arnaque depuis le début et il ne met pas longtemps à trouver la parade à cette mascarade. Je suis garée sous un panneau Decaux. La publicité parle de liberté, nous dit en vérité qu'il serait temps d'aimer. De déployer nos ailes. Et comment le dit-elle? Avec un arc-en-ciel...

Un autre jour, par hasard, je freine un peu tard. Le chauffeur devant moi en conçoit de la mauvaise humeur. Il veut faire un constat malgré l'absence de dégâts. Tu surgis juste au bon moment.

«Oh! Regardez! Un arc-en-ciel!»

Sa colère fond instantanément.

Mais le plus beau de tous les arcs-en-ciel, tu me l'offres le jour de ton anniversaire. Celui-là est extraordinaire!

Au réveil ce matin-là, je réclame un petit signe sur notre ligne. J'y pense… et puis j'oublie. Un peu plus tard, rendue chez mon coiffeur, la sonnerie d'un message me sort de ma torpeur: à la fin du texto une icône arc-en-ciel.
«Allô, allô ? C'est toi, mon amour ?»
Tu me réponds aussitôt par ces mots qui surgissent à l'instant même sur les ondes FM:
«Ces mains qui jouent de l'arc-en-ciel sur la guitare de la vie…»
J'ai du mal à le croire ! C'est du sur-mesure ! Du cousu de ta main avec ta signature ! Mais le plus incroyable dans cette histoire tirée par les cheveux, c'est la coupe ! Au rasoir ! Qu'as-tu dit à la patronne ? Voilà qu'elle change de station depuis son téléphone ! Léo Ferré disparaît et le morceau qui le remplace est celui que j'écoute en boucle depuis des mois, qui me parle de toi, de nous, de l'univers: l'*Ave Maria* de Schubert. Entre la coupe et le brushing, j'en tremble sous ma serviette.
«Alouette, méchante alouette» que tu avais invoquée dans ta jolie chanson, es-tu donc un pinson ? De là-haut en tout cas tu as dû lui ouvrir la grille. Elle s'est faite gentille. Elle m'a rapporté «tout ce qu'il faut pour faire le monde plus beau. Toute la force de croire à l'amour qui me reste à boire…».
De retour dans ma chambre, en ce 8 novembre, je reçois encore une petite goutte. Celle qui lève le dernier doute. Comme si ce n'était pas assez, qu'il fallait encore

transformer l'essai pour couvrir de silence Dame Coïncidence. Lorsque j'allume mon ordinateur, je te vois en grand sur mon écran, glissé dans les pixels :
« Découvrez l'iPhone arc-en-ciel ! »
C'est le deuxième iPhone qui me vient de toi, mon amour.
Siri pourra s'accrocher pour s'aligner sur celui-là…
Toi qui m'offrais des pièces d'or les jours de mes anniversaires, d'un seul coup tout s'éclaire. Ce rituel trop habituel qui avait fini par me porter sur les nerfs, en mettant son emprise sur toutes les surprises, vient me dire aujourd'hui ce que tu savais déjà, toi, sûrement depuis longtemps. Tu avais un trésor à me léguer sur cette Terre. Tu ignorais simplement qu'il n'était pas de matière…

Nous arrivons sans rien, nus, les mains vides.

Nous repartons sans rien de plus que quelques rides.

Pourtant, nous ne cessons d'agir et d'amasser

Comme si acquérir n'était jamais assez.

12

Le monde illusoire du verbe avoir

Aujourd'hui, les pièces d'or n'attendent plus le 26 juin pour tomber du ciel. J'en reçois tous les jours dans mon escarcelle. Et je n'en ai même plus besoin : elle est déjà pleine. La vie, simplement, la remplit. C'est elle la gardienne de ce trésor qui déborde par tous les pores de ma peau, de toute la flore, de tous les animaux, de tout ce qui, dans ce monde exquis, a choisi d'être plutôt que de ne pas naître. Tout ce qui honore nos sens dans leur effervescence. Tout ce qui vibre sur la radio libre de l'univers à la fréquence de la matière. Un brin d'herbe qui pousse et se tend vers le ciel, un ver qui se trémousse au bord d'une semelle, une araignée furieuse qu'on vienne la déranger, une fourmi travailleuse dans mon garde-manger, tout est gracieux depuis que j'y vois clair. C'est toi qui m'as ouvert les yeux, Hervé. Tu m'as sauvée de la cécité. De mon infirmité à voir ce monde merveilleux. Sais-tu seulement le changement qui s'opère quand on commence à regarder les choses et les gens autrement ?

Avec l'attention d'une mère, l'intention de se taire. On ne voit plus les causes aux multiples effets. On ressent simplement que tout est parfait. Et le plus étonnant, c'est que je découvre que moi aussi je le suis. Comme le reste. Plus besoin d'être deux pour me sentir comblée. Je ne suis plus une demi-portion qui cherche sa moitié, j'ai pris la dimension de ma totalité. Je n'ai besoin de rien ni de personne pour me sentir entière. Pourquoi serais-je d'une partie manquante ? J'ai tout ce qu'il me faut, je suis bien suffisante pour attirer la joie jusqu'à moi. Il n'y a qu'à l'inviter, elle est à la portée de n'importe qui. Elle est partout présente, le caillou comme la plante en regorgent. Pour peu que je m'arroge le droit de la goûter, je suis servie à satiété. Tout ce qui est m'appartient. Alors, forcément, je n'ai besoin de rien. Et même, vous savez quoi ? L'univers s'est découvert une passion pour moi. Depuis qu'à chaque instant je m'étonne, il est comme amoureux de ma petite personne. A-t-on vraiment besoin de quelque chose pour être heureux ? Si la joie était inscrite dans la matière, nous l'aurions tous dans nos affaires. Le bonheur, au moins, serait l'otage des riches. Que voit-on davantage dans ce monde en friche ? Des mains qui tremblent sous des bagues en or. Des destins qui ressemblent à des coffres-forts ! Fermés sur leurs possessions ! Empêchés dans leur mission par des verrous de naissance ou d'appartenance. Et tous ces sourires qui fleurissent dans la poussière. Ne serait-ce pas l'indice d'un tout autre critère ? On croit qu'avec le temps, un jour, viendra son heure, mais le bonheur n'attend personne à l'extérieur! Le bonheur est un choix, c'est une décision. Il n'appartient qu'à moi, à nul autre que moi, de forcer la prison où depuis mes cellules il aboie au scandale qu'on laisse son pécule dormir au capital.

Je vais me dépenser en efforts, en travail, je violente mon corps par toutes les tenailles du «qu'en dira-t-on», mais toutes mes actions ne valent pas grand-chose quand on fait l'addition avec les ecchymoses! Toutes mes possessions sont les bons d'un trésor réduit aux dimensions d'une boîte de Pandore...

Voilà la vérité: il n'y a rien à posséder! Que la prospérité soit un bon procédé, c'est juste une évidence! Observons la nature, elle vit dans l'opulence juste derrière nos murs! Mais où avez-vous vu qu'elle garde ou thésaurise ce qu'elle n'a pas rendu aux bancs de son église? Il n'est rien qu'elle ne donne et propose à foison à ceux qui l'affectionnent et lui donne raison. Qu'obtenons-nous de plus à lui faire concurrence? Mieux nantis que Crésus, nous sommes sans défense quand la mort nous rappelle aux pieds de l'Éternel...

Dieu sait pourtant combien nous sommes partants pour charger le fardeau. Le sac à dos se remplit tout au long de nos vies de choses bien inutiles à les rendre faciles. Il est urgent, parfois, de s'alléger avant de prendre congé. Justement, c'est le moment: je pars. Pas de l'autre côté

pour l'instant. Nous partons simplement mon fils et moi de ces lieux qui l'ont vu naître il y a vingt ans. Lourde épreuve pour une veuve.
C'était ton chez-toi, Hervé. Depuis quarante ans. Tu n'as jamais rien sauvé de l'enfermement. C'est à moi aujourd'hui de faire le tri. De réveiller par ma sentence toutes ces choses en dormance depuis tant d'années. Tous ces livres rongés par l'oubli, les pages collées par l'ennui. Tous tes vieux carnets d'adresses remplis de noms sans visage, qui n'ont pour espoir, dans ce pèlerinage, que celui de retrouver ailleurs, dans un autre tiroir, un autre trou noir...
Et ce vilain trophée abandonné au fil du temps de tous les regards, que va-t-il emporter dans sa mémoire ? C'est toute une vie d'aliénation à la matière qui sort de la poussière. Tes albums, tes chansons, tes CD-ROM, tes caleçons, tes gommes et tes crayons, toutes les formes d'expression où la vie trouve à se glisser et à se figer pour de bon.
Par un retour de lumière, au détour de chaque étagère, de chaque recoin fondu dans la brume épaisse de nos paresses, il y a un petit morceau de toi qui ressuscite un instant entre mes doigts. Avant de rejoindre, comme la rose, sa juste place...
Lorsqu'on m'interroge et qu'on s'inquiète du temps qui passe, je réponds sans état d'âme :
« C'est une montagne ! »
Je grimpe sans m'arrêter. Sans flancher. Sans regarder plus loin que le bout de mon nez. On gardait tout. Et le tout

grandissait sans cesse, s'infiltrait comme la graisse dans un corps trop nourri : sans permis. De la cave au plafond, entre murs et fonds de tiroirs, derrière les plinthes des meubles, au-dessus des armoires, pas la moindre cachette n'est restée à l'abri de cette colonisation secrète.

Seigneur ! Par quel moteur agissons-nous de la sorte ? Qu'y a-t-il donc derrière cette porte ? D'où nous vient ce processus du toujours plus ? D'une fausse route sans doute. Nous ne cessons d'amasser à trop sentir que nous ne sommes pas assez. Quelque chose manque à l'appel, mais nous nous trompons de chapelle ! Nous nous sentons incomplets mais quoi que nous fassions nous le serons toujours tant que nous garderons comme unique étalon les poids et les mesures !

Regardons bien ce mur : aussitôt qu'on obtient ce qu'on a désiré, on désire autre chose. Serions-nous rois du monde que nous convoiterions tout le système solaire ! Cette aspiration à grandir est inhérente à la vie. Vouloir s'en départir n'est pas la solution. C'est chercher à tarir une source infinie qui ne s'arrête jamais d'être en ébullition. Lui permettre au contraire de se répandre, d'aller nourrir le fleuve jusqu'au grand océan, voilà comment répondre à ce besoin pressant.

Mais nous sommes trop pressés. Nous montons dans le premier fourgon qui passe sur le quai. Nous ne voyons même pas que la rame est truquée, qu'elle ne va nulle part. Elles tournent en rond les rames qui circulent dans tous les environs de nos vies minuscules. Dans ce monde illusoire, nous confondons le verbe être avec le verbe avoir… Mais le plus embêtant s'accomplit en même temps sur nos terres biologiques qui suivent la même logique. Nous gardons tout en souvenir, des plus petites joies aux plus grands déplaisirs. Nos cellules se souviennent de tout ce qu'on avale tout rond ou de travers, de tout ce qui fait mal avec ou sans colère. Tout s'agglutine dans le décor, et mitonne la ruine… du corps! Nous sommes encombrés de la tête aux pieds par tout ce que nous avons, sans y faire attention, laissé entrer. Forcément, nous voilà bien empêtrés!

Nous manquons de souplesse, et toutes nos faiblesses sont de cette invasion la manifestation. Il faudrait déménager. Trouver un autre corps, qui soit d'accord, pour nous héberger.

C'est peut-être ce que nous faisons, au fond. Nous préférons mourir plutôt que de réduire l'encombrement. Recommencer ailleurs, autrement. C'est sûrement plus rapide quand on veut faire le vide…

En attendant, je dois le faire dans ton appartement. Parce que dans cette affaire, on m'attend au tournant. Il va bientôt falloir rendre les clefs. Autour de moi on désespère:

«Mais comment vas-tu faire?»

Je n'en ai pas la moindre idée. Tout ce que je sais, c'est que l'univers, lui, n'est pas inquiet. Je fais confiance.

Contre toute évidence. Je fais de mon mieux. Peut-on me demander davantage ?
L'univers est généreux avec celui qui s'engage. Voulez-vous bien le servir ? Choisir une option et vous y tenir ? Tout conspire dès lors à votre réussite. Il n'est pas de limites à ce que le cours des choses nous propose pour parvenir aux fins qui sont les nôtres si nous évitons la faute de ne lui donner qu'à moitié. Je lui ai tout donné. En retour, il m'envoie un parachute à la dernière minute : les futurs propriétaires n'ont pas reçu leur prêt bancaire. Il va falloir remettre la signature. Je jubile bien sûr...
Deux mois plus tard, j'y suis encore. C'est le dernier effort. Nous signons demain. Un jour de moins et j'aurais perdu mon pari. Aurais-tu calculé au plus juste, mon chéri ?
Il est 22 heures lorsque je tire la clenche de la porte d'entrée sur un quart de siècle de vie partagée. Il ne reste plus rien à l'intérieur. Plus un seul objet témoin de ce long trajet. Voilà, c'est fait. Je suis à l'heure.
C'est à cet instant-là qu'elle surgit. Sans prévenir. Sans crier gare. Elle m'attrape au moment du départ. Je la reconnais à ce petit temps d'hésitation, cette drôle d'inflexion qui arrête mon geste au moment de claquer la porte. L'action tient l'émotion à distance, c'est une chance. Mais le devoir accompli, le soulagement rappelle une demoiselle transie sous son ombrelle quand les vents s'entremêlent. On l'appelle... mélancolie.

Je lui accorde son dû. Un petit temps de plus pour écouter sa plainte sur cette scène éteinte. Je reviens lentement dans l'appartement. Il n'y a plus rien pour s'asseoir. Rien de solide pour le regard. Seulement les traces d'une longue histoire piégées à la surface des murs en dessins rectilignes. La dédicace du temps au blanc d'une peinture vient frapper ma rétine.
Hier encore, tu souriais aux arbres depuis ton cadre près de la fenêtre. Mais tu es encore là, n'est-ce pas ?
« Hervé, montre-toi, s'il te plaît. C'est le moment ! »
Je n'ai pas achevé cette pensée que déjà mes yeux se posent sur la seule chose rescapée de ce raz-de-marée. Cet objet n'a pas de réplique ailleurs sur la planète. C'est une pièce unique, le caprice d'un poète. Je l'ai fabriquée de mes mains il y a vingt ans. Je rénovais ton appartement. Un bout de polystyrène sans fonction et un surplus de ciment s'étaient donné la main pour éveiller ton inspiration. Tu voyais une lune en plâtre dans ce coup de théâtre qui les avait placés côte à côte. C'était toi l'hôte du monde céleste. Moi, je m'occupais du reste...
Cette lune, née de ton âme et de mon geste, est restée vingt ans sans tourner, accrochée comme une enseigne sur ton domaine. Tous les jours, chez nous, le soleil avait rendez-vous avec ta lune...
Un frisson me parcourt : « Mon Dieu, j'ai failli l'oublier ! »
L'instant d'après, je réalise que ce n'est pas un hasard. Il fallait qu'elle soit là au moment du départ.

Que nous soyons deux pour cet adieu.
Tandis que je retire la lune de sa place inviolée depuis vingt ans, savourant l'instant de cette dernière bouffée de toi sous ton toit, voici que ces mots atterrissent sous mon crâne, écrits de ta plume, je présume :
«*Bravo ma chérie ! Tu as décroché la lune !*»

Rien n'est jamais définitivement vrai ou faux,

Juste ou injuste, bon ou mauvais.

Les choses sont alignées sur tout le reste ou ne le sont pas.

Et tout le reste n'est jamais au même endroit…

13

Le monde magique d'un chant quantique

Mon univers de matière s'est rétréci aux dimensions des cartons. Tous les accessoires qui se sont amassés au fil de mon histoire ont quitté leur vitrine pour se resserrer les uns contre les autres dans des boîtes à sardines. Je n'ai plus de maison. Seulement une brosse à dents. Deux ou trois pantalons. Et la vie, je vous le garantis, n'est pas moins bien remplie. Au contraire. Je me sens plus intense, un peu comme mes affaires : rassemblée. Moins éparpillée.

Les choses nous atteignent et nous imprègnent, c'est évident. Elles nous affectent aussi fort que les cris stridents des vibrations sonores. Des circuits se connectent entre flux du dehors et reflux du dedans. Nos énergies se mêlent, s'entremêlent. Les objets côtoyés au quotidien finissent par s'incruster, par se greffer sur une part de nous-mêmes. Peut-être même qu'ils nous aiment...

En attendant, pour le moment, ceux dont j'entretiens encore l'illusion qu'ils m'appartiennent sont en

quarantaine. Bonne nouvelle. J'en profite pour laisser pousser mes ailes...
Tout a commencé avec toi, quand tu étais encore là. Ce cancer qui jouait de concert avec tes ennuis cardiaques, tout ce déferlement démoniaque, j'ai voulu comprendre. Il suffit de prendre le temps de fouiller un peu, ça devient lumineux: rien n'arrive par hasard. La vie est un jeu de billard où toutes les anicroches ricochent les unes contre les autres et remplissent nos poches au rythme de nos fautes. Les circuits empruntés sont très compliqués, bien trop alambiqués pour se laisser attraper par l'outil trop petit de notre esprit. Tout juste est-il capable d'identifier des responsables.
Ils sont si nombreux à vrai dire à nourrir le feu que séparer les choses pour désigner des causes est forcément un exercice de sacrifice. Nos disques durs manquent de mémoire pour aller tout prévoir. Depuis notre petite fenêtre, nous voyons quelques liens apparaître, mais aucun événement ne surgit indépendamment. Il n'y a ni source ni fontaine dans la grande course des phénomènes qui s'enchaînent. Mauvaise nouvelle pour les détenteurs patentés de grandes vérités...
La seule évidence qui s'impose, c'est qu'il n'est pas de choses sans conséquence. L'univers tient ses comptes au plus juste, et s'ajuste en permanence...

Laissez-moi vous conter cette histoire du cosmos telle que je l'ai reçue, et même si elle est fausse, elle m'a plu.

L'univers, un beau jour, s'est découvert un enfant: l'espace-temps. Ce rejeton lui prit tous ses photons. En grandissant, il devint un colonisateur insatiable. Aujourd'hui encore, il terrasse les diables pour imposer le jour à la nuit qui l'entoure. Il n'use pour ce faire que d'un seul partenaire: l'Amour. Pas l'amour sentiment qui naît par le tourment, mais l'Amour «énergie», cette force infinie par laquelle un beau jour il s'est épris du vide. De cet élan torride est né par le mystère son enfant de matière.

À force de grandir, à force de réduire entre lui et le ciel la hauteur de l'échelle, un amas de poussière s'est vu dans la lumière. Il s'est cru à la hauteur de son créateur et l'a défié en duel en demandant au temps d'arbitrer leur querelle. Mais le temps, en même temps, s'est mis tout bonnement aux abonnés absents. Laissant l'univers face à son ver de terre... tout-puissant.

Le vermisseau s'agite, gesticule en tout sens, protège son morceau... de sa science. Mais le géant, gentiment, lui tape sur les doigts à chaque fois qu'il croit... ce qu'il voit! Il ne montre en plein jour ses jolies plumes de paon, que s'il y a de l'amour dans les yeux du serpent. Le pauvre ver luisant, s'il est un peu trop lent à saisir l'essentiel, ne grimpera jamais vers le ciel! Au mieux, et s'il est astucieux, il se fera sa place au soleil. Et deviendra limace sur une feuille d'oseille...

Les dieux sont généreux, entre l'air et le feu, ils nous laissent choisir! Ils nous rappellent à eux juste pour le plaisir, quand ce qui va par deux... veut s'unir.

L'univers est tranquille. Il vient juste à propos soumettre le reptile. C'est à partir de rien qu'il a fait l'opulence. Et si entre nos mains surgit la connaissance, c'est parce qu'il le veut bien, mais silence ! De toutes ses oreilles, il veille. Et par toutes ses cordes, il nous rappelle à l'ordre. Il trouve les astuces, invente des virus, à seule fin de trouver en son sein la paix de l'équilibre. C'est dans ce seul dessein que tout vibre...
Observez le microbe ou la grande forêt, vous verrez ! Tout ce qui sur le globe survient et disparaît ne cherche qu'à durer. Le plus longtemps possible. Par tous les combustibles. Nous ne faisons rien d'autre, nous autres. Seulement voilà ! Nous sommes des hors-la-loi ! Défier la gravité, ça ne nous suffit pas ! Nous les bravons de front les règles du cosmos, et le prix à payer est toujours à la hausse. Des repris de justice, voilà ce que nous sommes, à faire des bénéfices sur notre propre pomme ! Toutes nos déviances, toutes nos expériences pèsent dans la balance. Il n'est pas d'acte ni de pensée qui ne soit pas compté.

Qui me l'a raconté ?
Une passagère clandestine qui voyage avec moi et s'obstine à pointer en silence la direction du cœur : ma conscience. Je l'ai découverte planquée derrière mes peurs. Elle était presque inerte mais respirait encore. Je l'ai sortie d'affaire au prix d'un seul effort : celui de laisser faire. De rendre les rênes à l'univers.

Arrêter de vouloir à sa place. Ne plus vibrer d'espoir, mais de l'instant qui passe. Me relier par la joie au cercle d'abondance. Savoir que les tracas font partie de la danse. Le vent de l'Amour a dû souffler sur mon embarcation. Lui seul ne sait qu'aller que dans la bonne direction. Si vous le rencontrez et qu'il n'a pas d'objet, suivez-le les yeux fermés. Il écrira votre plus belle histoire…
Ce que je vis aujourd'hui n'a plus rien à voir avec ma vie passée. Bien sûr, c'est mon regard qui a changé. Mais mes yeux ne se contentent plus de voir: ils ont appris… à concevoir!
Le monde autour se mire dans mes pensées d'amour. Comment le dire ? C'est un aller-retour entre moi et l'Amour. Je chante mon cantique, il me revient quantique et j'entre dans le monde de tous les possibles. Je n'ai qu'à demander, tout devient accessible.

Cette magie a une énergie: la confiance.

C'est brusquement comme une évidence. Donner sa confiance, c'est laisser la vie aller là où elle veut, là où elle se répand le mieux. Lui donner la chance de sa préférence. La retirer des ondes, c'est se moquer du monde! C'est se retourner contre sa route comme Orphée pris d'un doute. C'est piétiner la fleur et briguer ses faveurs! Museler l'oiseau qui pourrait chanter faux! C'est s'enfermer dans la bulle minuscule de son petit mental

qui raisonne et calcule comme un petit comptable, qui traque à la matraque des zéros discutables, quand le plus fin des pinceaux est encore bien trop gros pour saisir de ce monde l'essence insaisissable.
Empêcher la confiance, c'est le plus grand péché du vivant qui devient trop savant ! C'est nier l'intelligence sans borne qui sous-tend toute existence ! C'est faire offense à ce cadeau énorme qu'est la vie, qui circule et se transforme d'instant en instant, et vous offre la grâce d'une dédicace. C'est accueillir la passante la plus généreuse comme une tricheuse, et confier des mines de diamants à une caisse enregistreuse…
Voyez ce papillon : il bat des ailes. Comme n'importe quelle créature prise dans le tourbillon de son aventure, il va là où le vent le porte. Nulle part ailleurs. Et le vent est assez savant pour toujours faire en sorte de l'amener exactement au bon endroit : sur la fleur. Par la complexité, nous avons perdu cette légèreté. Le mental, de son piédestal cérébral, a décidé de monter sur le trône. Mais ce clone ne voit pas plus loin que le bout de ses neurones !
Je vais vous confier un secret. Tous les soirs, chez moi, il essaie de reprendre le pouvoir. Il me donne pour le lendemain quelque devoir. Mais la nuit le dissipe, et son disciple est déjà ailleurs quand vient l'heure du labeur. Mon corps est le soldat d'un autre état-major. Il n'obéit qu'à la voix d'un seul maître : ma joie. Et à chaque fois, un peu plus tard, je fais le même constat : comme j'ai eu

raison d'oublier ma raison ! Toujours, par cette trahison quelque bonne surprise s'improvise…

Laissons-la faire. La joie ! Elle connaît son affaire ! C'est elle, notre guide ! C'est par elle que l'on sait si c'est le bon chemin à l'heure où l'on décide. Elle connaît la recette d'une vie qu'on déguste. Nous dit à tout moment comment tout simplement être dans l'action juste. À l'écouter chanter au creux de nos poitrines, il n'y a plus d'action qui ne soit pas divine. La vie s'écrit d'elle-même et me dit qu'elle m'aime. Je n'ai plus le projet de faire. Je fais. Je ne veux rien mais prends tout ce qui vient.

Car la joie est partout dans ce qui vient à nous.

Et notre seule affaire, c'est de savoir l'extraire…

Et puis, dans la notice, j'ai lu en appendice le plus important : par où trouver le temps. C'était écrit en gras, en très gros caractères, le temps n'a qu'un endroit, un seul destinataire : le moment présent. Le seul, en vérité, que nous ayons à vivre dans l'éternité. Le seul où nous ne sommes pourtant jamais invités lorsque le mental est le maître du bal.

Ah ! Le mental ! Ce petit caporal qui se prend pour un chef ! Qui dirige l'orchestre d'une main de pingouin échappé du pressing et qui fait le malin dans son joli smoking ! Voyez son numéro, il en fait toujours trop ! Donnez-lui la cadence, il n'y a plus de danse ! À jouer du pipeau en pressant le tempo, il vous chasse la grâce de tout ce qui se passe ! Et nous, nigauds de manchots, accrochés à sa baguette comme des marionnettes, nous retenons par tous les fils d'une pensée inutile le libre cours des choses. Et nous nous étonnons de toutes nos névroses ! Il suffirait de rendre à la vie ce qui lui appartient, lui laisser son envie de toujours prospérer, et nous n'aurions plus rien à espérer...

Accepter devant elle de se mettre à genoux. Inviter l'éternel à s'installer chez nous. C'est par la dévotion que nous obtenons satisfaction ! Par une juste attention, un engagement total que ne saurait distraire une ambition finale.

Elle est là, la différence ! Dans cette présence ! Le moindre geste, la plus petite action déposée en conscience n'a plus du tout chez nous la même résonance. Il ne peut plus rien se produire qui ne vienne traduire la beauté de ce monde. Même ce qui nous inonde de peine ou de tristesse renferme l'allégresse de nous sentir vivants. Nous ne sommes savants que par comparaison. Que seraient les saisons sur l'horizon tranquille d'un ciel immobile ? Que saurions-nous de l'obscurité sans la lumière ? Que serait la vérité sans les faussaires ?

Rien n'existerait dans cet univers s'il n'avait inventé de se mettre à l'envers...

Et moi je me demande pourquoi j'écris ces vers.

Es-tu là, mon amour, quand je trouve la rime ou le pied qui convient pour un alexandrin ? Toi si sensible à la forme, toi qui jubilais par les mots bien choisis, qui dans tes ritournelles maniais la poésie, viendrais-tu me souffler ici comment écrire ce que de mille manières tu es venu me dire ? Je le crois. J'ai cette certitude au fond de moi : nous écrivons ensemble. À l'encre d'une énergie qui ici nous relie pour dessiner la fresque de notre arabesque.

Un jour, je t'ai interrogé à propos de ce livre avec mon pendule.

« Qu'en penses-tu ? » t'avais-je demandé.

Et là, une fois de plus, j'avais été le témoin d'un nouveau tour de cette magie quantique qui relie tout à tout. Le début à la fin. Le dernier mot au tout premier.

« Ce livre est formidable », m'avais-tu répondu.

Lâcher prise,

C'est mettre le mental en veilleuse,

Et s'apercevoir que la vie,

Joyeusement surprise,

Devient plus généreuse.

14

Et j'entends siffler le train

Lorsque nous montons toi et moi dans le même wagon il y a de ça quarante ans, nous ne savons rien l'un de l'autre. Nous ne sommes même pas assis côte à côte et pourtant quelque chose est en route. Nous venons d'embarquer sans le savoir pour un très long voyage…

Tu fais un petit tour sur scène, je te lis quelques poèmes, et puis plus rien. Le train met cinq ans à sortir du tunnel. Devenue journaliste, je t'interviewe à propos de notre sport commun, le tennis. Un point c'est tout. Rien d'autre. On en reprend pour cinq ans de plus et dix ans après notre première rencontre on échange nos numéros. On n'en fait pas grand-chose au début, mais le train progresse lentement. Comme si nos âmes avaient besoin de temps. Nos corps, pas très d'accord, seront encore plus lents. La première fois que tu me prends dans tes bras, je m'écarte en riant par cette plaisanterie :

« Hervé, toi et moi, c'est contre-nature ! »

Et pourtant, le fil se tend et nous resserre l'un contre l'autre. On s'étonne, avec le temps, d'être faits l'un pour l'autre. Quarante ans plus tard, j'écris ces lignes sur ton ordinateur avec une photo de toi devant moi. Tu es beau comme un homme qui a traversé les océans. C'est toujours le même portrait, mais tu es chaque fois différent. Un jour tu me souris, le lendemain tu es lointain. Les plis de ton visage s'accordent à mon humeur. La mort ne nous a rien pris, mon chéri. Au contraire. Tu es plus présent que jamais depuis que tu es parti.

C'était un 16 juillet, en plein été. À la même date exactement, deux ans plus tard, je roule vers le sud avec la certitude d'avoir rendez-vous avec mon destin. Tu me l'as écrit le matin. Une maison m'attend sous le ciel de Provence. Un an plus tôt le pendule semblait déjà au courant. J'avais reçu ce message:

«Migre sud.»

C'était un rêve de jeunesse que tu ignorais. Une promesse que je m'étais faite à 18 ans: «Un jour, j'aurai une maison en Provence!» Mais la vie non plus ne l'avait jamais su. J'étais toujours restée près de Roland-Garros, près des parents, près de toi, de ton chez-toi. À présent, tu n'es plus là pour me retenir. Mais Valence fait ses études en région parisienne, j'ai toujours vécu non loin de mes parents qui vont bientôt rentrer dans leur dernière ligne droite. Est-ce vraiment l'heure pour moi de partir loin des miens cultiver mes tomates?

J'en doute, mais ce message m'a fait rêver. Je suis allée voir une maison repérée sur Internet. Et puis je suis revenue, pas convaincue. De cette escapade, il est resté mes coordonnées tapies en embuscade dans les petits papiers du monde immobilier. En six mois, j'ai reçu trois mails. Aucun appel. La veille de mon départ, le 15 juillet au soir, le téléphone sonne.

« C'est l'agence des Ocres. Vous cherchez toujours ?

— Plus que jamais ! Je descends demain. Je compte venir vous voir après-demain.

— Et vos critères n'ont pas changé ?

— Si. En fait c'est beaucoup plus précis. Je sais exactement ce que je veux maintenant. »

Et me voilà partie à décrire ma maison comme si elle existait quelque part. Il y a tant de détails qu'on peut presque la voir. Mon interlocutrice, en tout cas, l'a déjà vue. Elle l'a aussitôt reconnue.

« Ce que vous me décrivez là, je ne l'ai pas encore, mais je vais l'avoir dans le mois qui vient ! »

Je viens tout simplement de demander la lune. Compte tenu du budget, dans cette région de France, j'ai beaucoup trop d'exigences.

« Vraiment ? Cette maison existe ? Et elle n'est pas plus chère que ça ?

— Elle est exactement comme vous venez de me la décrire. Et elle ne devrait pas dépasser votre budget. »

Hervé, c'est toi cette fois-ci qui viens de décrocher la lune ? Cette maison qui arrive toute seule jusqu'à moi, mon désir, ma douleur, de tous mes avenirs de très loin le meilleur dans mon jardin secret, l'inespérée, c'est toi qui me l'apportes comme ça sur un plateau? C'est trop beau, bien trop beau pour ne pas être vrai! J'y crois de toute ma foi. Cette maison sera mienne, et sera mon antenne pour mieux te recevoir. Nous vivrons tous les trois notre plus belle histoire…

Instantanément, j'entre dans la danse qui fait que l'on est né pour une destinée. Je ne sais pas pourquoi, ni comment ça s'est fait, mais une chose est certaine: ça vient de s'aligner. Le pendule, lui aussi, est tout émoustillé. Il s'agite plus fort que jamais et ne laisse aucun doute: je dois prendre la route.

Arrivée à destination, cette maison me correspond au-delà de toute espérance. C'est comme une vieille amie que l'on retrouve intacte après des décennies. On dirait qu'elle m'attire par tous ses souvenirs, qu'elle m'attend depuis toujours au bout d'un chemin que croise enfin le mien. Et moi je n'ai jamais cessé, en vérité, de caresser ses pierres derrière mes paupières. Sur mon cahier de CM2, elle avait déjà les volets bleus…

De retour à Paris début septembre, je décide de vendre. Je passerai au péage avec ma part d'héritage.

«Y a pas lieu de se hâter!» insinue le pendule.

Moi je veux bien, cela m'arrange en vérité, mais dis-moi s'il te plaît, il est où le sésame que les hommes réclament pour faire de moi la propriétaire imaginaire d'un petit coin de terre?

Le jour où je te le demande, je reçois ta réponse. C'est un appel d'Isabelle dont je n'ai plus de nouvelles depuis plus de deux ans. Son mari est un grand manitou au pays des gros sous. Il a la solution dans ses relations. On m'accorde un prêt, même pas relais. Imaginez un peu : j'aurais vendu trop tôt, je n'aurais jamais pu faire les travaux...
Et quel jour croyez-vous que nous sommes quand le téléphone sonne pour m'apporter la grande nouvelle de la première proposition officielle pour la vente de ton appartement ? Le 16 juillet de l'année d'après. Trois ans exactement après ton départ. C'est le temps que tu avais prévu, par testament, pour nous laisser profiter de l'appartement. C'est un dimanche qui plus est ! Tout le monde est en vacances. Il n'y a que toi qui fais fi de ces basses contingences pour me rappeler que tu es à mes côtés...
Par quelles attaches ? Comment ça marche ? On dirait que ton énergie vient se mêler aux miennes pour que des pensées surviennent. Elle prend des chemins très malins d'ailleurs pour parvenir à ses fins. C'est toujours par quelque détour que les choses m'entraînent là où poussent les graines de notre amour.
Un matin, sans que rien l'ait laissé prévoir, je suis sur le départ. Je ressens dans mon corps une démangeaison de chasseur de trésor. Ma raison me dirait bien d'oublier ce dessein qui m'entraîne un peu loin vers un vide jardin. Mais l'appel est trop fort. Aurais-tu fait l'effort de venir me chercher ? Je te soupçonne d'avoir fait ami avec la petite

souris de mon ordinateur. C'est elle qui est tombée toute seule sur ce clin d'œil. Maline, la coquine, elle s'arrange pour m'appâter avec la bonne pâtée : j'ai justement besoin de bacs à fleurs !

À peine débarquée dans une baraque de bric-à-brac au milieu de nulle part, un carré de lumière s'éclaire au milieu du bazar. Je tombe nez à nez avec le premier-né dans ma famille de papier : *Mon premier Larousse en couleurs*. C'est un habitant de mon cœur. Je reconnais chaque papillon, chaque coccinelle qui danse sur la couverture. Les deux enfants assis dans la nature derrière leur livre géant n'ont pas pris un an, de tout ce temps. Eux non plus ne m'ont pas oubliée. Lorsque j'ouvre le dictionnaire avec cette jubilation que l'on éprouve à retrouver un être cher, je tombe directement sur la définition de l'adverbe « longtemps ». Je ne lis pas, je les entends :

« Nous t'avons attendue "longtemps". Tu as mis beaucoup de temps à venir. »

Merveilleux enfants ! Vous avez patienté tout ce temps, tapis dans la poussière dans ce hangar de misère pour me dire aujourd'hui ce que vous saviez déjà quand j'apprenais à lire.

J'ai mis beaucoup de temps à grandir en effet. Des années pour apprendre. Une épreuve pour comprendre. C'est toi, sans doute, qui es venu me rendre ce que je t'ai donné à vouloir te sauver. Merci, Hervé. C'est mon âme d'enfant que je retrouve aujourd'hui. Mon cœur de petite fille qui s'était noyé dans la grande famille des femmes qui se croient faites pour être parfaites. Tu m'as sauvée de ce naufrage. C'est écrit sur cette page : je suis restée la même sous les bombes et les tracts. Une enfant qui aime... et guette le ressac.

Le revoilà, d'ailleurs. Il revient. À quelques pas de là, mes yeux s'arrêtent sur un morceau de bois qui me parle de toi : c'est un presse-raquette. Par un jour de trop d'amour, tu en avais commandé un à nos anges gardiens pour qu'il nous serre plus fort encore dans nos corps à corps. Si tu avais voulu revenir te blottir contre moi, tu n'aurais apporté avec toi que cet objet-là. Je le regarde : je vois déjà nos deux portraits, serrés à tout jamais, dans ce cadre...

Juste à côté, la légende est inscrite sur une tuile d'argile : « Dans la vie, il y a trois phases. On se forme. On se conforme. On se déforme. »

J'ai du mal à le croire : c'est précisément cette pensée que j'étais en train d'essayer d'attraper pour la confier au grain du papier de mon petit carnet. Par je ne sais quel circuit parallèle, elle s'est faite matérielle. Merci, Marcel Aymé. Merci la vie, ma bien-aimée. Vous êtes des conspirateurs d'amour et de beauté, comme tout ce qui existe. Il faut des yeux d'artiste, simplement, pour les voir. Moi j'ai beaucoup de chance. À chaque fois qu'elle danse la magie de ce monde, j'entends siffler le train. Et je suis comme un môme totalement ébloui, non par ce train fantôme mais par ce grand miracle qu'est la vie...

Ce matin encore, elle est venue d'un geste inattendu me rendre grâce. Je suis mal dans mon corps et je m'interroge sur toutes mes douleurs. Je monte dans la voiture. Je tourne la clef de contact. Ton CD est dans l'autoradio. Il reprend aussitôt ses droits sur l'espace sonore. C'est le dernier accord de la chanson qui résonne et m'apporte avec lui la réponse d'un homme qui a tout deviné avant de nous laisser. C'est comme un grand secret qui tombe comme un couperet. Pas d'avant. Pas d'après. À cet endroit précisément la musique reprend. Et ce que j'ai entendu des centaines de fois, pour la première fois, entouré de silence, prend tout son sens.
Ta voix est si douce. La musique est si belle. C'est un écrin de velours pour éclats de diamant. Je ne l'avais jamais vu. Il était pris dans la masse. Mais le voilà qui brille d'un coup à la surface. C'est une parole d'or glissée dans une chanson de ton dernier album, un titre que j'adore : *Paix à nos os*. Je comprends ma douleur à ces mots qui jaillissent depuis les haut-parleurs :
« *Régler son compte au cosmos.* »

Si on pouvait connaître toutes les conséquences
De nos actes et de nos pensées,
On resterait longtemps sur la balance
Avant de rompre l'immobilité.

15

Régler son compte au cosmos

Régler son compte au cosmos. C'est donc de ça qu'il s'agit. C'est une histoire d'énergie, je suppose. Un compte où ce qui compte n'est pas visible pour les yeux. Il y a tant de forces qui agissent dans l'univers. Comment faire pour y voir un peu plus clair ?

Commencer par prendre conscience, peut-être, que le corps n'est rien d'autre qu'un petit tas de terre. Qu'il n'a jamais grandi qu'à force de se remplir de ce qu'elle donne. Mais les hommes, à vouloir se gaver, ont oublié ce qu'ils peuvent observer : un contenant n'est pas ce qu'il contient. Il y a quelque chose à l'intérieur du vase. Et ce quelque chose a quelque chose à dire. Il faudrait l'écouter avant que de remplir encore et encore ce pauvre petit corps qui n'en demande pas tant. Il serait bien content qu'on le laisse tranquille, ce petit coin de terre. Laissons-le en jachère quelque temps, et la vie nous surprend...

Bien sûr, c'est difficile dans ce monde où la moindre seconde nous harcèle ! Il faut la protéger sa petite parcelle.

Arrêter cette gabegie qu'est la vie hors de prix qu'on nous propose. Se mettre un peu en pause…
Il faut un cancer ou un infarctus, un tremblement de terre ou un coronavirus pour que le manège cesse de tourner, et qu'on regarde s'il n'y a pas autre chose à attraper que la queue de Mickey.
Voyons-le, s'il vous plaît : tout ce que l'on pense ne nous appartient pas ! Nos précieux bagages ne se remplissent que par l'injustice de toutes nos fortunes qui prennent quelques-unes de nos carences pour en faire des croyances. Mais dès que l'on s'arrête, on aperçoit les fils des petites marionnettes. On voit bien que toutes ces opinions ne sont pas nos oignons. Qu'elles s'installent chez nous à notre insu. Qu'elles s'emballent après coup dans nos tissus, jusqu'à se transformer en religions intimes qui rendent légitimes tout ce qui se passe vu de notre paroisse.

Tu as raison, mon amour, il faut régler son compte au cosmos. Faire la somme de tout ce que nous sommes, c'est mettre bout à bout ce que je ne suis PAS ! Et dans le reste, je suis peut-être là. Tout entière. Joyaux de l'univers. Parce qu'il m'a tout donné le cosmos ! Sans compter. Sans chipoter. La vie, et tous les accessoires autour pour goûter le parcours. Tout le nécessaire pour que les dieux me serrent entre leurs bras féconds, et que de ce cocon naisse mon allégresse. Il n'a rien oublié, non, dans le

paquet cadeau. Même pas le petit plus dont j'ai fait mon fardeau en laissant le lotus sans une goutte d'eau : ma conscience d'exister.
Elle est là, n'est-ce pas, mon humanité ? Ce n'est ni ma bonté ni mon intelligence que la moindre fourmi défie sur la balance qui me donne fière allure parmi les créatures. Ce qui m'a été donné est bien plus raffiné. C'est un ticket d'accès... à la conscience. Et qu'est-ce que j'en ai fait ? Un billet d'absence !
Pardon. Pardon pour cette démission. C'était si facile de fuir le domicile. D'attiser mes jouissances par le feu de mes sens. De croire au Père Noël. De vivre en immortelle. De remettre à demain l'accès au divin en croquant à pleines dents dans toutes ces pommes qui roulaient du podium. Ils brillaient si fort les néons des manèges...
De l'endroit du décor, flambant, multicolore, rien ne nous protège sous l'assaut des lumières qui zappent son envers ! Ton Max était perspicace, mon amour, il n'est pas tombé dans les pièges. Mais moi, moi... j'étais comme tout le monde. Un œil sur le voisin, l'autre sur la Joconde, à tracer mon chemin dans la jungle profonde. À creuser mon destin... vers ma tombe. À remplir de mes mains mes poches inféconds. De croyances héritées. De souffrances inventées. De tout ce qui rapporte pour être la plus forte aux jeux de société.
Comme une enfant gâtée, pourrie, trop nourrie, j'ai tout pris, tout avalé. Sans même apprécier. Sans même

remercier. Sale gosse que j'étais. Qui se croyait à l'abri dans son joli carrosse. Je l'emplissais d'argent, je le recouvrais d'or, et pendant tout ce temps, j'ignorais mon seul trésor: ce que je suis au-delà de mon corps.
C'est cette part de moi qui a trop attendu qui réclame son dû, n'est-ce pas? Qui se venge par tous mes maux, qui s'arrange surtout pour avoir le dernier mot! Le voilà, le secret que tu es venu me délivrer: un jour ou l'autre, ce que nous sommes dans toutes les dimensions vient par notre personne présenter l'addition.
Il faut payer bien sûr. Rembourser Dame Nature. Par bonheur, c'est une grande Dame. Ce n'est pas notre misère qu'elle réclame! Tout ce qu'elle attend, c'est un peu plus de temps. Un peu plus d'attentions à tous les faits divers, un peu moins de pression exercée de travers. Arrêter de s'agiter en tous sens sans la moindre conscience de ce qui nous gouverne. Cesser d'attraper toutes les balivernes qui passent à la portée de nos petits neurones. Ne plus graviter... qu'autour de nos atomes.
Évidemment... ça prend du temps. Nous avons toujours mieux à faire que de ne rien faire. Nous passons notre temps à le remplir le temps. Dans le monde de la matière, de toute manière, il ne sera jamais plein. Il y a tant de choses qu'elle nous propose! C'est une histoire sans fin. Un conte que l'on raconte, sur la terre, à tous les locataires qui se croient en enfer. Une fable, servie à notre table, qui dit qu'il y a un paradis dans le «faire». On le cherche,

pardi ! On s'affaire. À toutes nos affaires. On se dit qu'il faut s'en faire pour cette vie, puisqu'il est dit, dans ce récit, qu'elle va toujours durer…
Jusqu'au coup d'arrêt qui surprend en plein vol cette course folle. L'oiseau tombe des nues, il se retrouve à nu pour mettre les voiles vers les étoiles. Pas le moindre bout de ciel à mettre sous son aile. Ah ça ! Le nid est bien garni ! Dans son tas de brindilles importées de Manille, de Chine ou de Tokyo, il a mis toutes ses billes, et ses plus beaux calots. Ça brille dans le cachot ! Mais derrière les barreaux, les agates sont plus plates que toutes les excuses que le ciel nous refuse…
Cette vie futile qui ne sait se nourrir que de plaisirs faciles pour le prix d'un devoir imbécile s'accroche à nos semelles comme une demoiselle à son ombrelle sous une pluie galante. Voyez comme elle grommelle encore dans la tourmente. Comme elle défend son trône et les terrains conquis, ses cohortes de clones assis sur leurs acquis. Elle n'est pas prête, c'est sûr, sous les assauts des écolos à lâcher le morceau. Il faudra la tempête, le courroux de l'azur, pour nous sortir de l'eau.
L'entendez-vous qui gronde par le vent d'une fronde ? Moi je le vis déjà, à l'intérieur de moi.
C'est une drôle d'histoire, qui s'écrit comme une délivrance sur la page en souffrance de toutes mes mémoires. Dans mon corps physique, il se passe des choses qui relèvent de la métamorphose. Ma substance organique

a rejoint les factions de la révolution. Sur tout le territoire, des armées de rebelles, par décret vibratoire, chassent les infidèles. Ça pique, ça pète, ça explose ! Un tsunami de pure énergie agit sur mon être avec une violence qui n'a d'égal que son intelligence. D'un monstre bicéphale, mi-ondes mi-cannibale, j'apaise la fringale, mais c'est de ma misère qu'il se régale ! Il trouve mes faiblesses, pointe de son étreinte mes erreurs de jeunesse, force le passage à tous les étages. Il dévore, de mon corps, la matière incrustée de travers. Il essore, le fil d'or, de mon tissu vivant qui lâche dans ce viol des cris de vitriol. Il est aussi vorace au gant de crin qui masse qu'à la pression d'une simple intention. Un rien le réjouit, le met en appétit. Un instant de silence. Une action en conscience. Je le réveille instantanément en serrant mon orteil, tout aussi brusquement que par une pensée qui vient le caresser. Qu'elle porte un peu d'amour dans son discours, et de ce feu grandiose, dont les dieux se réjouissent en bouquets d'artifices, je vis l'apothéose.
Je suis une énigme sur le plan médical. On voit dans mes symptômes les farces d'un fantôme, mais ce taquin d'esprit au petit nom de psy, je vous le garantis, n'est pas qu'évanescent. Je gratte jusqu'au sang ma substance animale. C'est un ravalement de toute la cathédrale ! Une visite insolite d'une énergie vitale au flux monumental ! Dans chaque interstice de l'édifice, une drôle de police dresse un procès-verbal. Sur tous les lieux de crimes

ou de petits délits, les langues des victimes peu à peu se délient. Il n'est pas de parcelle sur mes terres de mortelle qui n'ait son mot à dire en repentir. Ce qui pince dans ma fesse éclate dans mon nez. Je suis à confesse de la tête aux pieds. Et du confessionnal, je passe au tribunal à la seconde où je laisse les ondes s'exprimer. Dans toute la salle, on déballe de vieilles rancunes, on monte à la tribune pour appeler à la barre de lointaines histoires. À chaque nouvelle séance, on dirait que l'audience a grossi. Que des profondeurs d'une sourde inertie, un réseau conducteur étend ses tentacules vers d'autres molécules. Plus rien, bientôt, n'est laissé de côté. De l'ongle de mon pied jusqu'au bout de mon nez tout s'est connecté. Sur l'échine d'une onde qui meurt en plein visage, à peu près tout le monde dépose ses bagages.

Ce que je ressens dans ce bouleversement est d'une violence inouïe. C'est un bouillonnement de mon corps chimique jeté dans la marmite de l'intelligence cosmique. Je pète, je rote, je brûle, ça fait des bulles sous le couvercle. Ma matière en fusion voudrait sortir du cercle. C'est de ce même feu dont brûlent les étoiles, je le sais de source sidérale. D'ailleurs, elles participent, les étoiles, à cette transmutation qui renvoie mes cellules vers la source gazeuse d'où elles se sont enfuies pour tomber amoureuses de moi. Le soleil en personne pénètre ma poitrine, descend par ma colonne et branche ses turbines sur sa part de semence dont je suis la substance. Et lorsque par

hasard il jouit de l'expérience, ça met dans l'entonnoir pas mal de turbulences.
C'est difficile à vivre parfois, trop aigu, trop intense. Ma substance est si dense, on dirait qu'elle se rappelle son inexistence, juste avant le big-bang. Il faut vite que je danse avant que d'imploser. Et là c'est incroyable ! Je peux tout déplacer, y compris les montagnes ! Je le fais d'ailleurs dans mon petit jardin, perché sur un rocher. Je le redessine entièrement moi-même. Je charrie vers le haut, vers le bas, sur plusieurs mètres de dénivelé, des dizaines de tonnes de terre et de cailloux dans une petite brouette, dégonflée, qui plus est. Tous ceux qui ont quelque velléité à me donner la main se dégonflent eux aussi. Ils s'éloignent en courant de ce vent de folie. Je les comprends d'ailleurs. Ce graal n'est pas le leur !
Mais moi, je continue, les mains et les pieds nus. C'est dans cet état-là que je reçois la grâce, la force nécessaire et la clarté d'esprit pour tout ce qu'il faut faire. Mon terrain me le souffle. Il sait très bien ce Schtroumpf ce qu'il peut faire de mieux. Les dieux, comme d'habitude, ne l'on fait qu'à peu près. Mais c'est un fait exprès. Ils attendent de moi que j'achève le travail. Sinon quoi ! Ce serait trop facile. La vie sans peine, sans effort serait bien inutile. Une existence sans but, sans mission, sans interrogation, à quoi bon ? Cela nous rend nerveux, d'ailleurs, de sentir qu'une tâche nous appelle et de fermer les yeux, vautrés comme une vache sur une herbe gratuite. Quelque chose

nous démange, nous agace sans raison. On va s'imaginer que la jolie prairie quelque part se mérite. Qu'il faut gravir la pente pour trouver sa pâture. Bien sûr, il faut grimper ! Mais l'herbe n'est pas plus verte en haut de la montagne. C'est une autre variante que je m'en vais chercher. Ma vie est passionnante depuis que je la gagne à tailler mon rocher. Je vois l'autre versant par les soirs de pleine lune. Et ce que je ressens vaut bien votre fortune.
Je peine, je donne, j'endure, mais ceux qui la voient dure, ma vie, n'ont rien compris. J'apprends tellement dans cet engagement, ce travail de titan. Je fais vite ce constat d'ailleurs : mon jardin, c'est moi ! Dans sa matière grossière, je cherche le diamant. Il est là, je le sais, dans le dessin des pierres, ces miettes de calcaire enfouies comme un trésor qui surgissent de terre, plus lourdes qu'un âne mort, et qui viennent par ma main s'ajuster l'une à l'autre comme si elles n'attendaient que de jouir côte à côte. Je vois de la magie partout, jusque dans mes cailloux. Mon cœur s'est aligné sur mon marteau-piqueur. Je pénètre la terre par le fer, je me lie à l'éther par le feu. Et je sens qu'à la fin ils ne sont même plus deux… mais un. Le mystère m'atteint.

Mais avant qu'il soit mien, que je n'en parle plus qu'avec mon ange gardien, je sens au fond de moi qu'il va falloir attendre. C'est le prix à payer, je crois : lui présenter mes cendres…

Le meilleur moyen de jouir de la vie,
C'est de la laisser faire.
Elle finit toujours par avoir envie
De nous satisfaire.

16

Il m'a priée d'attendre…

Attendre.
Sans rien attendre.
Traverser le désert sans savoir si la terre est ronde. Abandonner le monde des certitudes. Entrer dans la ronde des gratitudes.
Attendre. Sans comprendre. Sans savoir par où la vie se glisse pour venir me défendre. Les choses s'accomplissent quand bien même nous cessons d'entreprendre. Y a-t-il main plus habile qu'une plante immobile ?
Attendre. Et se laisser surprendre. Voir que tout alentour résonne étonnamment avec notre musique intérieure. Qu'il n'y pas de frontières aux battements du cœur.
Attendre. Et prendre ce qui vient. Accepter ce qui est comme ce qui doit être, et voir que le meilleur comme le pire, est cadeau du divin qui nous aide à grandir. Rendre grâce à ma mère pour ses douces manières, et remercier mon père de se montrer sévère. Trouver dans mes

épreuves, dans mes difficultés, l'élégance d'une preuve à cette vérité qu'un peu de clairvoyance jaillit de la souffrance.
Attendre, c'est aussi me reprendre pour corriger mes fautes. Constater mon erreur sans que rien ne me fâche puisque c'est une marche vers le juste et parfait qui seul me satisfait. Parce que je suis moi-même la perfection divine, je ne me sens chez moi qu'à l'aplomb du sublime.
Attendre. Et ne jamais dépendre de rien ni de personne. Dessiner de ma main et sans papier carbone. L'autre ne saurait combler cette partie manquante qui veut me dédoubler jusque dans ma charpente. Je suis une et entière, et toute ma fortune est enfouie sous ma terre. À chercher ma moitié au creux d'une romance, j'invite un charcutier à nourrir ma conscience ! Réaliser au moins qu'à ne vouloir trouver au fond de son regard que ce que je veux voir, je viole le miroir. Quel scandale ! Aimer pour s'échanger contre un joli reflet, même dans les contes de fées, ça finit mal...
Attendre. Sans oublier de prendre cette bonne heure qui passe à portée de ma main, et que le ciel efface le lendemain. Faire un paquet cadeau du plus petit présent de chaque instant. Et n'avoir à m'offrir au geste de l'ouvrir rien de plus important... que du temps.
Apprendre à le prendre, mon temps ! Surtout à le défendre contre ses prédateurs, ces fardeaux de malheur qui agitent mes peurs. Qui voudrait me faire croire qu'on m'attend

quelque part, et que je dois ramer vers une destinée. Mais elle est déjà là, ma promise, ma douce bien-aimée ! Dans chacun de mes pas, elle vient se confiner. À quoi bon s'il vous plaît vivre en accéléré ? Avons-nous tant que ça envie de la franchir la ligne d'arrivée ?

Nous sommes tellement pressés, tellement conditionnés à vouloir avancer qu'on roule sans même savoir où se trouve la chaussée ! On ne voit que sa cible. Mais pris dans ce tunnel on reste inaccessible aux appels audacieux de tous les raccourcis qui mènent vers les cieux. On fait de cette vie une histoire banale, quand elle n'a que l'envie de rallier les étoiles...
On est si impatient. On voudrait que tout se concrétise à l'instant où l'idée vient juste d'infiltrer nos petites cellules grises. Heureusement, il y a le temps. On croit que c'est notre ennemi le temps, puisqu'il nous tue. Et pourtant, en même temps, c'est lui qui s'évertue à tailler les pensées qu'on a mal ajustées. Dès lors qu'avec le monde elles se trouvent alignées, regardez cette magie : à l'instant tout le monde se met au garde-à-vous. Plus rien ne vous résiste. On dirait que la vie est une grande artiste qui fait de votre histoire sa plus belle œuvre d'art. Accordez-lui le temps qu'elle réclame, et vous assisterez au meilleur des programmes.
Le nombre de projets ruinés par trop d'empressement ! L'univers est plus lent, tout simplement, qu'un être

humain qui bout de justifier sa vie par ses actes. Qui va s'imaginer que sans lui la terre probablement cesserait de tourner. Il se prend au sérieux, l'*Homo sapiens* ! Il voudrait faire des bonds à la barbe des Dieux, mais ça coince ! Quand on ne veut en faire qu'à sa tête, sans écouter le vent qui promet la tempête, on ne va pas bien loin. On s'épuise assez vite à forcer le chemin. Pour celui qui attend, en revanche, jusqu'au moment de prendre le seul choix qui s'impose, celui qui le repose, et laisse au créateur l'essentiel du labeur, le tapis se déroule sous ses pas. D'ailleurs s'il n'est pas là, si ça fait mal aux pieds de marcher, il vaut mieux s'arrêter. Ou ce n'est pas par là que la vie nous attend, ou ce n'est pas le moment.
Cela ne veut pas dire qu'il ne faut pas fournir l'effort. Que tout va arriver dans le plus grand confort. Bien sûr que non ! Un jour il faut se battre, abattre les obstacles et se mobiliser contre l'adversité. Mais la jubilation est telle quand on est sur sa route qu'on se moque bien pas mal de cette hostilité. Au contraire. On y trouve une force qu'on ne soupçonnait pas. À chacun de nos pas, on grandit. Il n'y a plus d'arrêt ni de sens interdit.

Voyez ce qu'en cet instant même vous êtes en train de lire. C'est dix ans de ma vie à retourner les mots pour le dire. Tous les matins, tous les soirs, je les ai remerciés de s'habiller en noir sur le blanc de l'écran. Ils arrivaient tout seuls sur ma petite feuille virtuelle, descendus du ciel on ne sait trop comment, mais malheureusement, il en manquait toujours à l'appel. Ou bien je les trouvais vraiment mal fagotés. Parfois trop négligés, parfois trop apprêtés. Le costard sur mesure, il fallait le tailler jusque dans la dentelle. Cela m'a pris dix ans parce qu'il fallait attendre, attendre le bon moment avant de les entendre. Ça m'en aurait pris cent et même bien davantage si je n'avais compris à la énième version de ce présent ouvrage qu'il faudrait oublier de vouloir le sauver de son imperfection. Tu as fait le même parcours, mon amour, avec ton dernier album. Dix ans d'acharnement sur tes arrangements. Les mêmes accords des mêmes chansons ont circulé en boucle dans notre salon tous les jours depuis tes haut-parleurs, toutes les nuits au creux des écouteurs, une bonne décennie. Ton album était devenu ton compagnon de route, le graal que coûte que coûte tu poursuivais sans cesse jusque dans tes paresses. Je pensais qu'il resterait toujours en gestation dans ton ordinateur, mais non, il a fini par s'échapper, ton bébé. Malheureusement, il n'a trouvé que la sortie de secours. Personne n'en a rien su. Ceux qui l'ont écouté étaient peut-être sourds car ils n'en ont rien dit. C'était pourtant des textes magnifiques sur des airs qui tournaient comme des mécaniques. Ton chef-d'œuvre, disais-tu. Ce désert médiatique fut une douleur de plus. Tu en as fait un « Coup de gueule » avec un nouveau titre qui sortira peut-être un jour. Qui sait ? Un album posthume, ce serait gratiné, non ? Un sacré pied

de nez à toutes tes rancunes ! Une leçon de patience pour tous ceux qui s'agitent et guettent la fortune.
Que faut-il donc attendre ? Soi-même pour commencer. Attendre sans rien forcer. Sans trop rien décider puisque la vie s'en charge. Je lui ai demandé, simplement, de m'écrire dans la marge pour pointer de sa mine la direction divine. Et j'ai cessé de croire que par ma volonté je pourrais la soumettre. Tout est déjà écrit, peut-être.
« Je ne peux pas prédire », m'a écrit le pendule.
Est-ce que cela veut dire qu'on écrit le futur par nos actions présentes ? Qu'on a toujours le choix de prendre la tangente ? Je ne sais pas. Je ne sais rien. Mais je vois bien que tout finit par prendre du sens dans cette existence. Nos fausses routes, nos traversées pépères, nos banqueroutes, nos petites misères, elles ont toutes quelque chose à nous dire sur notre devenir. Il suffit d'attendre, simplement, pour comprendre...
Attendre. Et voir qu'en attendant, on va beaucoup plus vite. Que tout ce que l'on fait finalement nous profite. Que l'on perdait son temps à foncer tête baissée sur des chemins tracés par des hommes. Que ceux où je languis, eux aussi, mènent à Rome. Et curieusement par des trajets plus courts. Il est dans ce renoncement le secret du parcours. Accepter de marcher les yeux bandés au bord du précipice, avec la certitude qu'on va poser le pied au bon endroit. Qu'il suffit d'y croire pour que le sol se glisse tranquillement sous nos pas.

Attendre. Mais pas n'importe comment. Je dois prendre le pari que de cet univers je suis l'enfant chéri. Je ne peux pas vous dire ni pourquoi ni comment, mais je sais que ça marche : tout arrive jusqu'à nous lorsque c'est le moment si on lui fait confiance, à la vie ! Par cet acte de foi, elle oublie aussitôt d'être notre ennemie.

Voulez-vous davantage et en faire votre amie ? C'est simple : dites-lui qu'elle est belle à chaque nouvelle tenue qu'elle enfile pour vous. C'est un défilé permanent sous nos yeux ! Elle s'habille de paillettes quand on est amoureux mais toutes ses toilettes sont la marque des dieux. Pénétrer un fruit par toutes nos papilles, épier une fourmi de toutes nos pupilles, c'est goûter la conscience. Toutes nos expériences ont le pouvoir magique de nous rendre extatiques pour peu qu'on s'y attarde. Mais nous sommes trop curieux de connaître la suite, nous gâchons le plaisir par l'espoir illusoire d'aller un peu plus vite.

Mon amour, c'est toi qui me presses d'attendre ? Qui m'envoie en cadeau toutes ces jolies perles d'un collier suspendu au cou des galaxies ? Sais-tu que vu d'ici on dirait le chapelet de prières d'un univers sensé qui relie mes pensées aux photons des étoiles ?

Je ne suis plus pressée. Je guette les pépites des rumeurs sidérales. Je me suis adossée au grand silence. Depuis, elles viennent jusqu'à moi comme des escargots qui portent sur leur dos leur lieu de résidence. Avec tellement de grâce ! Et tellement d'élégance…

Celui qui cherche, qui tâtonne dans le noir
Est en état d'alerte.
Il n'a qu'un seul espoir :
Trouver l'interrupteur.
Celui qui sait, ou croit savoir
Est devenu inerte.
Il habite un quartier,
Où par sécurité
On coupe les compteurs.

17

Le secret des choses

« Il faut que je parte pour que tu vives », m'as-tu dit au moment où nos forces nous abandonnaient.

Je croyais me battre pour ta vie. C'était ça, ma vie. Je ne voulais rien d'autre. J'étais prête à combattre jusqu'au bout de la mienne. Je nous voyais déjà conquérants de l'extrême. Mais ta vie est partie, et c'est toi maintenant qui viens sauver la mienne. Toi qui disais que le fond se cachait dans la forme, je trouve tout au fond des rimes et des consonnes le grand secret des choses que ton âme dépose ici entre ces lignes. Puissé-je seulement un jour en être digne.

Voilà ce que tu chantes dans cette déferlante :

« Aime, Tina, aime. Sans raison. Surtout sans condition. Au point un jour d'aimer… sans objet.

Donne. Donne mais sans le dire. Sans jamais te trahir. Simplement pour écrire ce joli trait d'union que crée la communion.

Accepte de recevoir, sans te croire endettée ni en rien redevable. Ne va pas te flatter de générosité puisque c'est par le don que tu te sens aimable. Mais surtout n'oublie pas qu'un secours à toi-même est toujours le premier des maillons de la chaîne. Trouve par l'égoïsme les secrets de l'altruisme.

Souris. Souris à tout moment. Souris divinement. Séduis par ce langage les cailloux, les nuages. Asservis les voyous aux plis de ton visage. Jusqu'à tout obtenir… d'un sourire.

Ose. Ose tout entreprendre et surtout te tromper. La corde pour te pendre est rivée au crochet de ta timidité.

Supporte, au moins de temps en temps, de ne pas avoir pied. À ne jamais nager que dans une baignoire, on reste naufragé de sa propre histoire jusqu'au bord du trépas.

Aime-toi comme tu es, totalement imparfaite, puisque c'est par tes manques que la vie est parfaite. Laisse faire la nature de quelque côté qu'elle penche, ou de ta dictature elle prendra sa revanche.

Méfie-toi du poison de la comparaison. Réjouis-toi simplement d'être qui tu es, et surtout souviens-toi qu'il n'y a pas d'avantages à être davantage. La fourmi désire-t-elle jouer à la marelle comme une sauterelle ? Et si c'était le cas, où irait-elle ? À ne plus se croiser avec ses congénères, la vie est un enfer quand votre paradis est une fourmilière.

Ne charge pas quiconque du poids de ton bonheur. Il est bien plus léger par ton souffle intérieur. Tiens-le loin du danger des vents venus d'ailleurs.

Dis-toi que de ta trace tu fais ton œuvre d'art dont tu goûtes la grâce au nectar du hasard, mais que l'ombre au tableau surgit de ton pinceau. De ta vie, tu es le créateur. Pas de tous les contours, mais c'est toi qui toujours vas choisir les couleurs.

Accueille ce qui advient comme ce qui te revient, sans pour autant plier ni jamais te soumettre là où tu peux agir et te mettre aux manettes. Tu es bien plus utile à ce monde en péril en choisissant d'agir et non de réagir.

Cesse de le polluer de toutes tes critiques qui ne font qu'ajouter à le rendre toxique. Vibre de bienveillance, d'amour, d'enthousiasme, au point d'assujettir le monde à tes fantasmes.

Éloigne l'attention de ce qui te dérange. À trop vouloir gratter tout ce qui te démange, tu embrases le tison de la démangeaison.
Chausse plutôt des verres plus ou moins ajustés à tout ce qui te plaît et tu constateras que la vie se complaît à vouloir l'augmenter.

Refuse tout arrangement avec ta conscience. La part de toi qui cherche à te faire croire que tu as bien raison de tirer les marrons du feu est une tentatrice qui ne montre à tes yeux qu'un premier bénéfice. Tu perdras les marrons, mais en dessous des cendres, tu trouveras bien mieux : la beauté de ton âme épargnée par les flammes.

Mesure le bon choix aux vibrations de joie qui soudain te traversent à l'instant où tu tranches là où tu tergiverses. Et vois qu'elle est bien là, la joie, tapie derrière la porte. Qu'elle frappe à chaque fois que ton cœur te transporte vers le plus grand que toi. Il suffit que tu serves un autre que toi-même, la voilà qui se gonfle et souffle sur ta flemme.

Retiens-toi d'en faire trop. Donne-toi du repos autant que nécessaire sans laisser la paresse prospérer sur tes terres. Le repos n'est que préparation, ta matière première pour passer à l'action. La paresse n'est que détresse par manque de passion.

La vie a besoin d'ordre mais elle crée le désordre. Ne laisse pas les choses atteindre l'harmonie : c'est le bain de lumière par lequel tu vois clair. Quand la cacophonie règne dans la maison, ton esprit lui aussi est dans la confusion.

En tout, cherche le point sacré, celui de l'équilibre. Le trop et le trop peu chercheront tour à tour à t'attirer vers eux. Souviens-toi que la vie ne parie au final que sur un seul cheval : celui qui ne dit oui ni au bien ni au mal, mais qui séduit les dieux entre les deux.

Affranchis-toi de l'opinion d'autrui. Laisse le jugement n'affecter que celui qui par infraction s'en donne permission. Cesse de te mirer au creux de ses pupilles, surtout s'il est garé trop près de ta famille, jusqu'à te libérer du cordon parental qui te retient d'oser t'approcher des étoiles.

Méfie-toi d'être fière, surtout de ton enfant qui n'attend que de plaire. La créativité se laisse engluer au miel de la fierté. Préfère-lui la joie, sans faire de cet état le fidèle acolyte de la réussite. Découvre que l'échec n'a pas moins de mérite.

Résiste à la tentation de la dévotion envers ton semblable. À vouloir à tout prix te rendre indispensable, au détriment d'autrui tu calmes ta furie de te sentir minable. Je sais, j'en ai bien profité. Mais ce fut mon erreur. C'est là qu'ont pris racine mes plus grandes douleurs. Nul ne se satisfait de ce que l'autre fait ou défait à sa place, ou bien de papillon il redevient limace.

Retiens-toi de juger. Si un jour tu décolles, tu verras clairement un peu plus loin du sol que ce qui va par deux soudain ne fait plus qu'un. Et que vu des étoiles, ce que nous jugeons “bien” est possiblement mal. Que tous ceux qui ont tort ne sont jamais retors que par ton idéal.

Pardonne. Pardonne tout ce que l’autre, par sa propre souffrance, ne trouve à te donner.
Absous du même endroit ce que par tes offenses de souffrant maladroit tu as pu déchaîner.
Brise par le silence tes flèches de vengeance. Que celui qui t’offense ne trouve à s’acharner que sur ta tolérance et se retrouve à nu en pays inconnu. Là où de ses outrages tu n’iras prendre ombrage ni jamais le juger pour te rendre justice. Nos péchés sont chargés de tous nos préjudices. Celui qui te fait mal recevra au final la dernière de ses balles. Celui qui te trahit, par lui-même, est bien assez puni. À rajouter ta haine, c’est à toi que tu nuis.

Balaye tes croyances hors de ta maison et cesse de chercher à leur donner raison, en voyant que du monde tu ne fais l’expérience qu’au tamis de tes sens, et qu’ils ne laissent passer qu’une fine pincée de la couleur du ciel. Ce que tu crois réel n’est que piètre version de la réalité issue de ton humaine et naine condition.

Cesse surtout de croire que la réalité te serait accessible, ou que la vérité serait indivisible. Vois que par d’autres yeux tu verrais autrement. Qu’un autre point de vue ajoute au paysage une seconde image qui met en perspective ta propre tentative de convaincre les choses à plaider pour ta cause.

Quoi que tu penses, la vie de toute façon te donnera raison. Autant lui demander d'ouvrir tes horizons en laissant ton avis au seuil de la maison. D'où te vient ce besoin de le répandre ailleurs comme si de leur croissance dépendait ton bonheur ? De cette loi cosmique, sans doute, qui veut que tout s'applique à vouloir prospérer. Gagner en puissance ou bien dégénérer, c'est le lot des croyances autant que des fourrés. Cesse de les nourrir à seule fin de séduire ou de te rassurer, d'autres viendront grandir et te régénérer.

Défends-toi de trancher entre deux opposés. Parce qu'elles ne sont pas blanches OU noires, les choses. Elles sont à la fois blanc ET noir. Et bien sûr tu t'arranges pour toujours les tourner du côté qui te sied. Celui par où tu voles un gant de justicier. Si tu regardes bien à travers le costume, camouflée sous tes plumes de paon, tu es faite d'argile autant que de diamant. Tu n'es pas ou pleutre ou toujours courageuse, ni petite mesquine ni partout généreuse, tu es les deux. Et nul ne peut prétendre à la voie du milieu. Regarde-les tourner comme des bêtes en cage ! Ils n'ont rien à donner quand rapplique l'orage ! Mais change les données, ils deviennent charitables aux brises favorables. En fonction du moment, de ton angle de vue, ils sont au firmament ou mis en garde à vue.

Résiste. Résiste à tous les terroristes qui cherchent à te faire croire aux vertus du devoir. Ne cède pas trop vite aux œillades en cascades d'une belle enjôleuse qui se sert de ses formes pour te mettre en veilleuse. La matière est une tentatrice qui te coupe les ailes au bord du précipice. Elle est si fascinante, la matière ! Elle est surtout très lente. Alors, forcément, tu as le temps d'en jouir ! Mais tu n'en jouis pas tant en faisant des tirelires, des cages, des forteresses. Tu veux la retenir avant qu'elle disparaisse. Mais tout t'appartient, mon poussin ! Lâche prise ! Tu n'as besoin de rien pour vivre de surprises.

Va, goûte, tente, profite, fais de cette vie-là un champ de marguerites ! Surtout, va-t'en couper la laisse qui jamais ne te laisse aller pisser ailleurs ! Expose-toi au pire pour trouver le meilleur ! Va te perdre dans la grande forêt pour que dans tes emmerdes tu viennes t'assurer que tu es bien vivante. Ne demande d'avis qu'aux nuages et aux plantes.

Oublie de te plaindre, et dis plutôt merci à tes petits soucis. Presque tous tes ennuis sont venus pour t'enjoindre de clamer qui tu es. C'est dans l'adversité que tu iras grandir. Laisse-moi te le dire, en chemin de souffrance, il n'est pas d'expérience, pas un événement qui ne soit une chance d'être un enseignement. Une part de toi-même est bien au courant de ce fin stratagème, et vient te tourmenter à toujours t'inventer quelque nouveau problème. Et voilà

le mental aussitôt qui rapplique pour ouvrir son étal, sa petite boutique de farces et attrape-cœurs ! Il brade ses malheurs pour trois sous de pitié. Et bien sûr les dindons délacent leurs cordons de bienheureux rentiers. Mais allons ! Nul n'est épargné ! Et pas un n'a d'épargne qui ne soit à l'abri de vos torrents de larmes !
À bâtir ta légende de ces tristes histoires qu'en chemin tu te contes pour attiser ta gloire ou refouler tes hontes, pour voler des regards en prime à faire ainsi de toi l'admirable victime, tu presses la planète d'une main vengeresse. Tu portes ta défaite à son seul palmarès. “Les autres sont des méchants puisque par eux je souffre !” Laisse tomber sur le champ les attraits de ce gouffre.

Réalise que tout ce qui t'arrive à bien y regarder dépend de tes archives. Que de tes fondements reçus en héritage, tu as fait le ciment des barreaux de ta cage. On en met des années, dans sa vie d'interné, à voir qu'il y a des verres au-dessus de son nez ! Il suffit de changer de lunettes, ma chérie, et tu vivras en paix sur une autre planète.

Le problème, ce sont tes routines, tes petites manies, tes règles serpentines qui font de toi un robot programmé, un système cohérent et bien organisé qui n'a pour carburant qu'un passé composé.
Tente de l'infiltrer ce petit personnage bourré jusqu'à la gueule de toutes les images qu'on a fait défiler devant toi.

Regarde sans complaisance ce qu'elles ont fait de toi : un filet emmêlé en mailles d'habitudes où se sont empêtrées tes vaines inquiétudes !

Trouve par où le fendre ce corset si finement tressé de toutes tes pensées. Fais sauter le verrou, redonne un peu de mou à ce cadre rigide où s'est bien ordonné ce que tu crois solide. C'est par toutes les failles de ta grande muraille qu'elles pénètrent ton être les courbures du ciel ! Mets vite à la poubelle tous tes vieux logiciels ! Entre dans le grand jeu de tous les possibles ! Sur le grand tapis vert du géant univers redeviens plus flexible ! La faculté d'adaptation n'est pas une option, ma chérie, le joker salutaire au jeu de la malchance, c'est la carte maîtresse en toute circonstance. C'est par ta souplesse que la vie qui s'invente d'une heure à la suivante te comble de richesses.

Il suffirait d'un rien, de fermer l'embouchure peut-être, par où il se faufile, le serpent des ordures. Les jugements, les avis, les infos ! Les nouvelles qui charrient moins de vrai que de faux, toutes ces petites graines plus ou moins polluantes dont je vois bien qu'elles tentent de venir prospérer sur ton territoire, sans laisser respirer le flou de ton regard. Mais c'est de l'asphyxie, cette histoire ! La presbytie garantie aux faveurs du hasard ! C'est par ta surdité aux cancans de ce monde que tu deviens l'antenne qui capte ce qui traîne sur une autre fréquence. Et seulement

par le vide que la vie se relie au cercle d'abondance. Tu ne peux rien produire de nouveau. Tu ne sais qu'accueillir dans ton petit cerveau. Mais il faut de la place pour recevoir la grâce. L'univers vient sans cesse frapper à ta porte avec un bouquet de fleurs. Mais la maison est pleine. Il y a trop de cloportes dans ton intérieur. Dommage. Il passe son chemin, le Grand Mage…
Il reviendra demain, peut-être. En attendant, n'écoute qu'un seul maître : la voix de ton être. Tous les autres guignols qui jouent au rossignol ne te diront jamais ce que tu sais déjà au fond de toi. Et surtout méfie-toi de celui qui s'installe et vient tirer profit du cadeau des étoiles. Il vaut bien mieux laisser à tes petits oiseaux cette prérogative d'apporter les missives qui te viennent d'en haut.

Tant que tu es en bas, accepte le combat, ma Tina. Mais surtout n'oublie pas d'inviter à ta table l'ineffable beauté de ce monde. Laisse-toi traverser, sans te croire menacée par le bruit de ses ondes. Ne lui demande rien, surtout pas de rester, c'est une vagabonde.

La vie ne te veut rien, ni du mal ni du bien. Elle te renvoie la balle qui jaillit de ta main. Et ce que tu obtiens n'est que copie conforme dans le monde des formes de ce dont tu prends soin dans ton petit jardin de sens et de croyances. Quel gâchis, quand on y pense ! Par quelque autre semis, tu vivrais l'abondance…

Va rendre les possibles aux commerçants de peur et de sécurité, tu verras l'impossible déposer sa semence sur ta propriété. Arrose un peu ses graines et le jardin d'Éden sera réinventé...

Il est là, le secret ! Tu n'as pas d'autre choix que de l'alimenter, ton éternité ! Ou bien tu te condamnes à errer comme une âme en peine parmi les phénomènes de la création.

Tu n'es que de passage dans cette dimension, en stage de formation pour un très long voyage. Tu peux faire collection des plus belles images de la création, ou jouer les fortes têtes et salir la planète de ton incarnation.

Ton agitation, de toute manière, n'a pas plus de fonction qu'une récréation, mais vas-y, joue ! Joue pour de bon. Juste pour le plaisir !
Tu iras découvrir quand sonnera la cloche, que tu n'étais qu'un sbire, la simple mouche du coche. Mais suis la diligence. À travers ce voyage, tu comprendras bientôt qu'il n'y a pas d'équipage. De toute la création échue dans ta conscience tu es juste un instant un point de résonance... »

Nous regardons le monde avec des yeux concupiscents

En ne cherchant qu'à lui prendre.

Quand nous le regarderons avec des yeux conscients,

Nous ne chercherons qu'à lui rendre.

18

Quand la conscience s'éveillera

De toute la création un point de résonance.
Il suffit d'observer la surface de l'eau pour comprendre. Tout ce qui s'y dit est là pour nous l'apprendre. Le plus petit remous, la moindre flétrissure trouve toujours par où répandre sa blessure. Tout ce qui se déforme génère une autre forme. D'un bout à l'autre du miroir, les nouvelles circulent en dépit du hasard. Chaque molécule écrit sa partition en réaction à toutes les autres. Aucune ne saurait s'affranchir du joug de ses voisines. Jetez un caillou dans la mare, et toutes les copines racontent une autre histoire…
Ma matière, ma pensée, ce qui de l'univers vient à se condenser en un petit paquet que je nomme «moi» écrit à chaque instant le discours des étoiles ponctué des pavés que jettent les vandales. Mon petit territoire est la cible des ondes dont la cacophonie me pousse vers la tombe. Les voyez-vous toutes ces dissonances qui brouillent l'harmonie dont la vie fait pitance ?

On est tous des voyous ici sur la planète. On mange des cadavres, on nage dans le chlore, on le boit, on adore les foies gras de nos oies quand on les martyrise à remplir leur gosier de notre gourmandise. On glisse sous plastique tout ce qui se consomme en priant le chimique de conserver nos pommes le plus longtemps possible. On empile des vivres qui n'ont plus de la vie que le nom sur d'immenses rayons, et on passe à la caisse le jour où les rayons finalement nous transpercent.
On fait fi des saisons pour faire pousser nos fraises, on guette à l'horizon la belle couleur du pèse qui pousse sous nos serres, même pas dans la terre ! Mais le pèse, il pèse plus bien lourd quand on a fait le tour de tous les thérapeutes. Il est vite englouti par tous ceux qu'on rameute en appel de détresse, ces petits compléments qui prennent le relais pour servir d'aliments. Dans ce grand tourbillon, ce bouillon de culture contre-nature où rien n'est à sa place, on est très efficace pour se mettre en danger. On va jusqu'à salir l'air que l'on respire pour aller voyager à l'autre bout du monde sans penser une seconde que c'est notre atmosphère notre bien le plus cher.
On épuise nos sols, on éteint nos enfants sur les bancs des écoles, on enferme le monde dans des petits écrans qui balancent les ondes d'une vie virtuelle dans nos cages à lapins qui tentent sottement d'aller gratter le ciel.

C'est déjà pas mal tout ça, pour s'attirer le mal dans nos corps déportés de leur terre d'origine, mais on fait beaucoup mieux pour offenser les dieux, en prime. On trahit nos amis qu'on ne traite même pas comme des bêtes, mais comme des choses inertes, des vis ou des boulons entassés dans des boîtes où pas la moindre patte ne saurait se mouvoir. Ce ne sont pas des mots qui cherchent à émouvoir, c'est la réalité d'aujourd'hui sur toute la planète. Allez voir, vous verrez! *L'Usine des animaux*, n'est pas un film de science-fiction. C'est un documentaire filmé sur notre terre!

Ah mais oui! J'oubliais... Vous préférez ne pas voir, surtout ne pas savoir ce qui pourrait remettre en cause vos petites habitudes. C'est bien plus confortable de choisir la quiétude d'une fausse ignorance. Mais attendez un peu: elle vous guette, la conscience! Le jour où elle vous tombe dessus, on regrette croyez-moi d'avoir trop attendu. Elles vous rattraperont de toutes les façons ces images insoutenables de poussins broyés, de poulets entassés les uns sur les autres, de cochons asphyxiés, de petits veaux parqués chacun dans leur casier qui ne s'arrêtent d'appeler leur maman que pour mâcher de force tout ce qui les engraisse à la plus grande vitesse possible. Mais leur mère, la pauvre, privée de son petit, a bien plus à se plaindre de nos gros appétits. Son calvaire, c'est d'être une laitière! Ce n'est pas la moindre de nos cruautés que de l'avoir cloîtrée dans un box fermé à notre humanité! Condamnée à perpette à fabriquer, en quantité industrielle, à n'en plus supporter le poids de ses mamelles, du lait en briquette. Les hommes, par leur cupidité, sont tombés sur la tête... On vous cache tout cela bien sûr. Faut pas que ça se sache, sinon vous cesseriez de remplir vos assiettes de stress, d'hormones, de honte qui s'adresse à tous les hommes. Nous sommes tous complices de ces atrocités. Nous en avons eu vent, n'est-ce pas, des horreurs, des supplices, des monstruosités qui se passent dans les usines à chair ou dans les abattoirs. Pourquoi croyez-vous donc qu'elles restent ainsi fermées les sinistres coulisses de tous nos réfectoires ? Dans certains États, c'est même un crime passible de prison que d'aller faire la fouine à poser des questions.

Et pourtant, qui s'arrête de remplir son caddie de tout ce qui se dit derrière ces murs ? La moindre supérette, à son heure d'ouverture, est remplie de poulets, de vaches et de cochons qui n'ont vu la lumière que pour aller souffrir les affres de l'enfer avant que de mourir. Et nous avalons ça. Sans moufter. Sans autre autorité que notre bon vouloir. Regardons le miroir : on s'empiffre. Voulez-vous quelques chiffres ? Deux mille animaux par seconde sont abattus sur terre. Le temps de lire seulement cette phrase, dix mille têtes sont tombées. Quatre-vingts pour cent de nos amies les bêtes qui peuplent la planète ne connaissent de la vie qu'une cage en plastique. Qui oserait encore les nommer domestiques ? Ce sont des marchandises, des épaules

calibrées, des mamelles gonflées, des cuisses et des ailes fabriquées au chimique ou par la génétique. Et on voudrait nous faire croire que c'est bon ! Autant pour nos palais que pour notre santé. Mais pour qui nous prend-on ?
Il suffit d'essayer et de voir : on est bien mieux nourris par une carotte râpée ou par un radis noir ! Nos intestins font à peu près six fois la longueur de notre corps. Ça veut dire simplement qu'on n'est pas carnivore. Pour digérer la viande, il faut des circuits courts. Et nous on lui demande de faire un long parcours. C'est du gaspillage d'énergie, de l'encrassage par où la léthargie s'installe peu à peu pour faire de nous ces petits paresseux qui n'ont plus la vigueur suffisante de libérer leurs fientes au moins deux fois par jour. Autant de fois qu'on mange, le système d'échange est censé voyez-vous faire son aller-retour. On est bien est loin du compte dans tous les petits coins du monde. Quelle honte ! Tout ce qui se raconte dans les couloirs de nos voies intestines n'est que des histoires de crasseuses latrines !
Comment allez-vous, je vous le demande, depuis que cette viande pénètre par un trou pour circuler chez vous ? Cette expression courante, accolée comme un tic au bonjour mécanique, le saviez-vous, vient de là justement : allez-vous comme il faut sur le pot ? La sagesse populaire ne manque ni de justesse ni d'ailleurs d'à-propos. Elle nous dit clairement où déposer nos fesses pour être au bon endroit : sur le trône !

Mais aujourd'hui les rois ont quitté le royaume. Ils sont tombés bien bas. C'est sur notre estomac qu'ils s'assoient ! Et nous, on se prosterne encore, on livre notre corps à ces vendeurs de mort. Sortons du peloton, bon sang ! Reprenons le pourvoir sur ces vils commerçants promis au purgatoire ! À suivre les moutons nous finirons comme eux aux crocs des abattoirs qui pullulent aujourd'hui pour les hommes : AVC ou cancer, c'est comme ça qu'ils se nomment.

Si on veut que ça cesse, si on veut que régresse la pandémie d'une telle infamie, ce n'est pas compliqué. Désigner des coupables ne les rendra ni moins puissants ni moins déraisonnables. Mais voyez, s'il vous plaît : c'est de notre silence, des consciences en dormance que ces monstres sont nés. Ils n'ont que le pouvoir de nos porte-monnaies. Nous sommes autant les fils de la toile d'araignée que les soldats dociles dont les bras obéissent à ceux qui s'enrichissent. Arrêtons de payer, simplement. Cessons de consommer de la chair mortifère avec acharnement. Donnons à nos courgettes, nos pommes et nos salades une part des recettes, nous serons moins malades. Et elles sont moins gourmandes, qui plus est, que la viande. C'est tout ce qu'il demande, le système, pour se démanteler. Oublions nos revanches, cessons de dérouler la liste des coupables. Nous ne serons gagnants que sur le dos friable de nos propres travers. Il n'y a que des hommes en souffrance, au fond, dans cette affaire. Qui manquent de conscience, et se retourneront forcément dans leur tombe pour demander pardon d'avoir permis la nuit d'une telle hécatombe. N'attendons pas de mourir pour réagir mes frères. C'est par chacun de nous qu'elle trouvera son chemin, la lumière.

L'homme n'est ni bon ni mauvais. Il est, tout simplement. Comme toutes les créatures. Mais à la différence de toutes les autres, il a la liberté de choisir sa posture. Aucun animal, qui ne connaît jamais ni le bien ni le mal, ne tue pour le plaisir. Ou c'est de la self-defense, ou c'est pour se nourrir. L'homme, lui, en est capable. Sa peur, c'est elle la responsable. Sa peur de mourir, de ne plus exister, car lui seul a conscience justement d'exister. Je suis. Un jour je ne serai plus. Donc je souffre.
Regardons-le, cet enchaînement logique : c'est un gouffre ! Un puits sans fond, une fosse abyssale qu'on ne sait contempler sans ouvrir une plaie juste monumentale. Face à cette béance, nous avons deux options : ou bien remplir le trou ou bien se laisser choir…
Tout est bon pour ne pas déraper quand on est mort de trouille. N'importe quelle andouille, surnommée fanatique dans sa version mystique, sait vous combler l'abîme de toutes sortes de crimes. Les hommes intelligents aussi malheureusement. Ce sont eux nos tyrans. Ils sont partout présents ces esprits influents. Ce sont nos enseignants,

nos amis, nos parents. C'est beaucoup plus discret que les manières d'Hitler mais beaucoup plus pervers.
En même temps, si on les laisse faire, c'est que c'est difficile de bien cohabiter avec la liberté. Les barreaux de nos cages faites d'admiration, de pression par l'hommage ou par la punition dessinent des limites finalement confortables. Ma vie m'est interdite, quelle aubaine ! Je ne saurais qu'en faire. Je n'en fais pas grand-chose mais ne suis pas coupable. En un sens, j'aime autant rester là, dans mon trou de misère. Au moins, je trouve ici quelques repères. Tandis qu'à l'extérieur, à l'air libre, je ne vais rien trouver à quoi me raccrocher. Imaginez un peu, si je perds l'équilibre, c'est la chute assurée dans le grand inconnu. Que va-t-il m'arriver, grand Dieu ? Je n'ai pas le courage, mes aïeux, d'être libre ! Je préfère ma prison de mémoire que vous m'avez léguée par le don dérisoire d'une seule de vos cellules. Toute mon histoire y est écrite, et moi je m'y abrite pour jouer au somnambule.
Et pourtant, je ne sais d'où je reçois cet appel mais je l'entends souvent qui sonne comme un réveil et qui me dit tout bas : « Largue-les tes amarres si tu veux avancer, aller vers quelque part. » Bien sûr, c'est évident, c'est celui qui s'engage sans savoir à ne faire que chercher, tâtonner dans le noir, qui reçoit cette grâce de se sentir vivant. Nous sommes des morts-vivants nous qui filtrons la vie au tamis de ce qui, par les uns, par les autres nous a été transmis. La vie va de l'avant, jamais elle ne s'éprend

de ses anciens amants. Elle n'invite à danser que celui qui par elle se laisse traverser sans rien lui demander. Il suffit de renaître à chaque instant. Elle sait bien reconnaître ses enfants.

Quand la conscience en nous s'éveillera, il n'y aura plus de guerre, plus de corruption. Même plus de frontières. Nul n'aura plus ni faim ni froid. La Terre est abondance. C'est de l'adoration de notre différence qu'est né ce monde absurde où le manque absolu côtoie la possession hors de proportion. Nous n'irons plus chercher l'énergie qui nous tue, celle qui nous pollue par tous ses résidus, mais nous serons capables de la trouver en nous pour servir le dessein du plus grand que nous.
Nous resterons guidés par cette aspiration qui fait de nous des êtres jamais repus, constamment en quête de quelque chose de plus. Mais en laissant nos sens à leur place, à l'endroit où ils sont efficaces pour la survie du corps, nous irons nous expandre à l'envers du décor.

Comme un enfant, un jour, devient adulte, on n'aura plus le choix : on deviendra humain, ou on ne sera pas. L'humain, ce terrien qui traitera la terre comme sa mère le jour où il acceptera de couper le cordon. C'est par cet abandon que nous serons sauvés. Tu es revenu pour nous le dire, Hervé : il est entre nos mains, notre destin d'humains. Nous pouvons l'ignorer et choisir l'esclavage.

Nous pouvons l'honorer et sortir de la cage. Il est là notre libre arbitre. C'est une chance immense qui nous est offerte. L'humanité peut en faire sa défaite, mais aussi la plus grande de toutes ses découvertes. C'est elle qui décidera de son sort : connaître le destin des pauvres dinosaures, ou devenir, par l'éclat d'un sourire, le chef-d'œuvre absolu de toute la création, dont nous ne sommes sûrement, pour l'instant, qu'une reproduction.

S'éveiller,

C'est voir soudain beaucoup mieux

Ce qui a toujours été là.

C'était juste sous nos yeux

Mais on ne le voyait pas.

19

Il veut naître le divin enfant

J'ai beaucoup souffert. Je souffre encore. Dans tout mon corps. Curieusement, toujours dans la limite du supportable. Comme si la douleur savait jusqu'où elle m'était tolérable. Elle ne s'est jamais installée, elle n'a cessé de circuler. D'un bout à l'autre de mon anatomie, mes cellules endormies se sont réveillées. L'énergie de la vie qu'elles avaient oubliée est revenue leur dire qu'il fallait travailler. S'occuper des torpeurs où stagnent les douleurs prend du temps. C'est très long d'informer tout le monde que la nuit est finie. C'est un lent processus, un travail de fourmi. On ne met pas comme ça son passé, son histoire et toutes ses mémoires d'un clic à la poubelle ! « Il faut souffrir pour être belle ! », dit-on. Il a raison, le dicton. Elles ne se laissent pas faire sans commentaire, les douleurs. Elles crachent leur venin, elles vous pètent à la gueule, remontent jusqu'à l'œil ! Vous regrettez bientôt cette sourde quiétude où vous dépérissiez sans la moindre amplitude. Le problème, quand elles sortent, c'est qu'elles traînent ! Elles sont mises à la porte, mais seulement du dortoir ! Il faut trouver l'accès ensuite au purgatoire. Et ça, c'est compliqué ! C'est toute une alchimie dont nul en vérité n'a pas la moindre idée. Je cherche. Je farfouille. Mais bien sûr elles m'embrouillent ! De tous les émonctoires, elles choisissent au hasard, et moi j'ai bien du mal à gérer cette histoire.

Ne rien changer, continuer simplement tout droit sur sa lancée, n'est pas la garantie d'une meilleure issue à tous les coups passés que le corps a reçus. Au contraire. La facture arrive un peu plus tard, peut-être, mais la première relance est éliminatoire. Tandis que le remboursement anticipé des dettes restaure avec bonheur les courbes accidentées de votre silhouette.

L'essentiel n'est pas là, toutefois. Quelque chose d'autre se passe en même temps sur un autre plan, et c'est ça l'important. Vous devenez un être de plus en plus présent. De plus en plus aimant. De plus en plus calme, surtout. Vous encaissez les coups sans broncher. Plus rien peu à peu ne peut vous empêcher d'être heureux. Vous invitez le silence en toute circonstance. L'immobilité vous devient supportable. Jusqu'à la vacuité, tout vous est agréable. Votre créativité est démultipliée, vos ennuis balayés par la vie, vos envies relayées par la chance, tout est de connivence pour que votre expérience soit la plus belle possible. Cela ne vaut-il pas quelques désagréments ? D'autant qu'ils n'arrivent pas tout seuls. Ils sont accompagnés d'une intense sensation de libération.

J'accueille la souffrance comme une délivrance. Le plaisir qui s'y glisse devient mon complice. À nous trois, nous sommes les rois mages de l'enfant sage que l'univers attend depuis la nuit des temps. Ou bien qu'il n'attend pas, parce qu'il est déjà là. Et moi je n'ai qu'un tort, je ne le sais pas encore...
Les zozos de malheur par mille arguments peuvent bien présager d'un autre avènement, je suis d'un cœur léger l'étoile du berger. Je sens bien que mon corps de matière se libère. Que mon être, dans sa substance démaillotée, ouvre des fenêtres vers l'immensité. Qu'il change de fréquence, et capte davantage de l'écho que propage un bruit de connaissance.
Ce que je crois, au fond de moi, c'est que tout se passe ici de la même manière qu'au creux des galaxies qui brassent leur poussière. Tout le monde se parle sous le manteau. Et moi je déballe tout mon fardeau par toutes les fissures que crée cette ouverture d'un réveil de conscience. Douleur et plaisir, comme tout ce qui s'oppose, viennent simplement me dire la même chose : je ne fais qu'un avec tout ce qui est. Je ne suis rien, mais tout est à mes pieds. Tout vient s'agenouiller pour me baiser la main ou me guillotiner selon ce que je tiens par le poing de mon âme ou par la transparence de cette main diaphane.
Matière et conscience ne sont-elles pas, au témoin de la science, en train de se fondre au point de se confondre ? Il n'y a pas plus de différence entre une particule et ce

qui l'a fait naître qu'entre la bulle et le savon peut-être. Les concevoir séparés, c'est diviser le noir de son obscurité ! C'est chasser le dessin de la feuille de papier ! Que deviendrait le sein sans le corps tout entier ? À caresser l'un, l'autre veut se dresser, quel que soit celui que l'on frôle en premier...

Nous observons le monde d'un peu trop loin peut-être. Nous verrions de plus près que les choses ne font qu'un au point de disparaître. Si matière et pensée, énergie et amour, vide et conscience ne sont pas différents ou sont interchangeables, alors que reste-t-il de ma réalité profondément instable ?

Je me conçois d'un bloc, entité séparée, par le reste entourée, mais je suis dans le troc en permanence avec ce qui m'entoure ! D'un instant à un autre je ne suis plus la même. Par tous les vents qui soufflent au-dessus de ma traîne, je ne suis qu'incertaine. Je suis surtout changeante comme volute de fumée. J'étais bien différente avant de humer ce merveilleux parfum. Tout s'infiltre à la fin au grain de ma substance. Et selon la fréquence de ce qui vibre autour, j'entame un pas de danse de colère ou d'amour. Je ne suis ni une, ni bien définie. Je suis comme la brume qui se redéfinit à chaque battement d'ailes du piaf qui la décoiffe en traversant le ciel.

Voilà ce qu'il me reste au bout du compte. Une entité céleste qui ne sait rien de ce qu'elle est. Qui ne croit qu'une chose : sa vie n'est pas grand-chose mais la vie est immense. Chaque jour que Dieu fait, je lui offre ma joie au creux de l'oreiller. Elle renaît chaque fois de m'être réveillée encore à ses côtés. Les mains sur ma poitrine, je m'en remets entière à son autorité. Je suis une dévote pour qui la dévotion, si elle peut être idiote, est aussi pour l'humain l'unique relation qu'il peut entretenir avec le grand mystère de la création.

J'accepte le concept: je n'ai de cœur qui bat que pour être ici-bas la perle volatile, provisoire et fragile du collier de poussière dont l'univers se pare, un instant, avant de se mirer par un autre miroir. Je suis sa projection, une femme en hologramme dans cette dimension, qui n'a de liberté… que surveillée. Car depuis ma naissance, je ne fais l'expérience que de ce que je pense. Mais ce que je pense est en même temps la somme des seules circonstances. Alors ça devient clair, lumineux comme un flash par lequel je m'arrache de toutes mes croyances: je suis bien du grand tout un point de résonance.

Mes pensées, quelle affaire! D'où me vient cette idée de m'en croire par faveur l'heureuse propriétaire? Les pensées, si elles sont comme nous, simplement vibratoires, ne cherchent qu'à pousser sur tous les territoires, et tendent à faire de nous leurs petits serviteurs à seule fin de grandir sur nos dos de tuteur.

«Chaque pensée a sa densité», m'a écrit le pendule. C'est mieux qu'un long discours! S'il dit vrai, ça pèse lourd! Tout au final serait de même nature…

Mais posons là le poids de cette conjecture, je ne suis pas de taille à jouer les doublures d'un Dieu ressuscité depuis qu'Albert, de son autorité, a décidé un jour qu'il ne jouait pas aux dés...
Ma seule vérité, c'est ce que je ressens. Mais, c'est évident, les mots sont impuissants. Comment dire sans induire l'idée de la folie ou de la déraison que je sens ma matière en mal de cohésion, par la force contraire s'enfuir d'une prison ?
C'est une histoire de nœuds, de câbles qui s'emmêlent. L'avez-vous remarqué ? Tous les fils s'entremêlent ! Prenez deux électriques : voyez comme ils s'intriquent. Laissez-les seulement pendouiller côte à côte, en un rien de temps ils s'éprennent l'un de l'autre. C'est peut-être ça, la matière ! Un enchevêtrement de petits filaments ! Que la vie désordonne, que nos corps emprisonnent par des réseaux croisés de plus en plus serrés. Et moi, je me dénoue ! Par tous les bouts ! Tout ce qui s'est coincé, figé, cristallisé demande à se défaire. Une statue de boue se transforme en lumière...
C'est une force immense qui agit. Une toute-puissance issue des profondeurs dont l'écho du big-bang propage la chaleur. Ça brûle sous le chapiteau. Toute ma peau en témoigne, et sous mes oripeaux, c'est une foire d'empoigne. Je passe ma substance au peigne le plus fin, celui de ma conscience qui reprend du terrain. Et puis je me regarde, étonnée et ravie de sentir que le vide qui vient

prendre la place se remplit d'un amour dont se réjouit l'espace. Celui qui est en moi, mais aussi tout autour. Je reconnais par là le chemin d'un retour…

Et pendant tout ce temps, alors que le système peu à peu se débouche, je suis dans cette histoire comme une femme en couches. Un enfant veut naître et jaillir de mon être. Je vis, j'en suis certaine, ma destinée d'humaine : j'accouche de moi-même.

Tout commence

Par la fulgurance

D'une prise de conscience.

20

Retour à la maison

De cette révolution dans mon évolution, moi je n'ai rien voulu. Je n'ai rien fait de plus que de prendre soin du premier attribut dont la vie m'a pourvue : mon corps. Je l'ai considéré autrement. Comme un allié, mon meilleur associé qu'il fallait conserver surtout de son côté. Sinon, il savait se retourner contre moi.

J'ai commencé par l'aimer. Le regarder, l'admirer dans ses capacités, son talent d'exister. Il s'était abîmé, le pauvre, à force de subir toutes mes maltraitances. Mais il était beau quand même à vouloir me porter sur mon chemin d'errance. Je l'ai remercié pour tous ses efforts. Pour tout ce qu'il donnait sans le moindre support de ma part. Il s'est senti flatté, soudain considéré. Et tout s'est mis en place. La vie s'est occupée de fournir les échasses. Est-ce que le papillon décide d'ouvrir la chrysalide ?
L'éveil n'est pas une quête. Il n'y a pas de recette, pas la moindre intention dans son apparition. Il ne sonne même pas à notre porte. Il s'introduit. On ne sait par quelle sorte de sortilège ça se produit, mais un jour, il vient à l'heure,

sans qu'on l'ait invité, s'asseoir sur nos erreurs au coin du canapé. La maîtresse de maison n'est pas la volonté. Seule une aspiration, une sorte de tension vers on ne sait trop quoi le reçoit.

Il suffit d'être là, de toute son attention au moindre de nos gestes, au plus petit endroit où nous lâchons du lest dans ce monde qui flotterait sans nous, de toute façon. Nul ne sait rien, c'est ma seule certitude. Je ne suis qu'un témoin. Rien de plus. Qui n'use que d'une science : son expérience. Pour moi, l'aventure spirituelle est née de la substance. J'ai pris mon temps. J'ai entouré mon corps de soins et d'harmonie. Construit un autre nid. J'ai mangé sans plus les transformer les produits de la terre. Et la vie a compris, toute seule. J'ai entendu l'Amour pousser son coup de gueule et moi je me suis tue. Il est venu souffler dans mes bronches et je me suis gonflée comme un ballon d'hélium. D'une joie qui remplit le cœur de tous les hommes quand ils sont amoureux. La vie s'est aperçue qu'elle était bien chez moi. On s'est réconciliée, toutes les deux, et on a mis le feu aux poudres. C'est par un coup de foudre qu'a commencé l'histoire de ma transformation. Une histoire d'amour entre deux sœurs jumelles : Matière et Lumière. Ces deux filles du cosmos s'attirent et se désirent avec tellement de force que seul un grand mystère prononce leur divorce. Elles sont venues en moi s'étreindre et se confondre, quelque part se rejoindre comme pour mieux correspondre et partager tous leurs petits secrets. Mais si tout au final est interconnecté, après tout c'est normal de s'adresser au corps pour parler aux étoiles. Car si tout se mélange et se nourrit d'échanges, peu importe au final dans quel ordre on s'y prend, on chasse le désordre à desserrer les dents. C'est la foi qui déverrouille, le corps qui s'agenouille, mais c'est par l'un et l'autre qu'on demande pardon. Ce qui vient en premier, c'est juste un abandon. Prière et poussière n'ont plus qu'à se parler au creuset du chaudron. Et de cette alchimie surgit ce qu'on attend sûrement depuis longtemps : le train suivant…

Rien n'est moins sûr, ce n'est qu'une croyance, un fruit à ne goûter que lorsqu'il sera mûr, mais moi je l'ai mangé : on va beaucoup plus vite le corps léger. Le corps, qui n'attend qu'une chose pour servir de transport : qu'on l'adore ! Plus vous l'aimez, plus il se met à votre service pour grimper l'édifice. Plus vous le couvrez de soins et d'attentions, plus il vous entraîne dans la bonne direction. Nous n'avons rien d'autre à faire en vérité en notre qualité d'être incarné : nous bichonner. Comme on le ferait pour un petit bébé. Attentif à ses plaintes, soumis à ses contraintes. Être à sa joie totalement aliéné, n'avoir jamais de cesse que de le câliner. L'instinct de survie qui protège la vie est bien suffisant pour s'occuper du reste. Nos besoins intrinsèques, à bien y regarder, sont tout à fait modestes.

Il n'en est qu'un, au demeurant, qu'on ne peut méconnaître. Il est bien différent de tous nos maîtres. Celui-là

nous fait mal aussitôt qu'on l'ignore. Il nous vient des étoiles, inscrit dans notre mort. Fruit de nos peurs mais pépin de l'Amour, il change l'œuf en or dans notre basse-cour. C'est l'élan créateur ! Cet appel, par lequel, nous rendons grâce. Ce besoin du divin, de le suivre à la trace. C'est par là, on le sent bien, que l'on décolle ! Y a-t-il pour ce dessein quelque autre protocole ?
La voilà, la mission de mon incarnation ! Je ne suis pas passive, un point de résonance privé de forces vives. Je n'ai les poings liés que si je le veux bien. Quand j'ai peur de souiller la beauté de mes mains. L'Amour qui par mon corps s'est engendré matière, je peux le renvoyer au cœur de l'univers par un ticket retour. Je détiens ce pouvoir d'une carte de séjour offerte aux vagabonds de condition humaine. On l'appelle compassion. Non pas ce sentiment de pitié qui nous fait partager le fardeau des souffrances, mais cette disposition à pénétrer la danse...
Un jour, j'imagine, l'oiseau migrateur se souvient du chemin vers son point d'origine. Il retrouve sa mère plusieurs fois millénaire, patientant. Elle l'attendait depuis longtemps, la Mamma de conscience, dans son magma d'intelligence. Elle ne l'avait chassé du monde de l'invisible que pour lui montrer le champ de tous les possibles. Mais passé le détour, le volatile revient au domicile attiré par l'Amour, vers ce qui nous resserre au cœur de l'univers, dans ce lieu de mémoires qui porte en trajectoire du passé au futur toutes les écritures...

Le miracle, c'est que la vie aussi nous remercie de ce retour aux sources. Dans la grande course où dansent les fourmis avec les galaxies, la vie tient le témoin entre ses pognes d'ivrogne. De ce grand festin, elle est le verre de vin, le nectar du hasard, la liqueur des vainqueurs. Je m'enivre d'ailleurs, je veux vivre. Je n'ai jamais autant vécu, au demeurant, jamais plus intensément, que par ce renoncement.

Voir que je ne suis rien. Que dans cet univers gigantesque, dans ce grand livre ouvert, cette œuvre éléphantesque, il y a quelque part une petite virgule : notre système solaire. Notre terre là-dedans est presque ridicule, et moi dans cette histoire, je cherche l'encre noire pour écrire une phrase, pourquoi pas une page, ou même tout un chapitre ! Mais à quel titre ? C'est juste une folie ! La frustration garantie pour ce grain de poussière qui prétend recouvrir la maison tout entière ! Allons, soyons sérieux ! Arrêtons simplement de nous prendre au sérieux. La vie qui est en nous sera bien plus légère. Nous pourrons voyager de la cave au grenier au moindre courant d'air. De là où je suis maintenant, sur mon coin d'étagère, je vois très clairement qu'il n'y a pas d'autre choix pour moi que d'agir à l'endroit où je trouve ma joie. Ce n'est pas une option, la possible version d'une vie qui me saoule à parler de survie. C'est un DEVOIR ici que d'être heureux. Que d'offrir son bonheur à ce monde en souffrance pour que de nos erreurs il fasse repentance. Je n'ai rien à faire d'autre. Ni pour les uns, encore moins pour les autres, puisqu'au final je ne sais jamais rien ni du bien ni du mal, et que pour mon bien-être, il faut le reconnaître, par tout ce que je donne je nourris ma personne. L'autre est incontournable, on ne peut avancer qu'au pas de son semblable, mais c'est bien ma lumière que renvoie le miroir qu'il porte en accessoire. On ne peut rien donner. Seulement recevoir...

Qui sait ce que mon corps est en train d'accomplir ? Qui sait même si la mort ne nous sauve pas du pire ?

Autour de moi on s'inquiète, bien sûr. On suspecte ma nourriture ou quelque maladie. On fait de mes brûlures un plat servi à toutes les sauces pour prouver que ma voie est décidément fausse. Tandis que moi, je me gausse de cette ratatouille assaisonnée de trouille ! Malgré les douleurs et les embêtements, le bruit des faux docteurs, de tous leurs boniments, je me dis que rien de terrible ne peut trouver de cible sur un terrain choyé et bien entretenu. Qu'il faut laisser les fées d'un logis encombré faire un peu de ménage avant le sarcophage.

De toute manière, dans cette affaire, il n'y a pas de retour en arrière. Quand on prend le train, on ne peut même plus appuyer sur les freins ! Nous le prendrons tous, c'est sûr, chacun à notre tour. C'est la seule aventure qui justifie nos jours. Dans cette vie-là, ou dans celle d'après, il nous emportera jusqu'au prochain arrêt, toujours un peu plus près de notre vérité. Y a-t-il un autre sens à l'humanité

que cette expérience de retour, par les voies de l'amour, à l'unité ?
En attendant, je patiente comme une plante qui guette la rosée au banc des accusés. Nous verrons bien, demain, vers où les papillons écarteront leurs ailes. Ce qu'ils apporteront... du ciel. Ou bien s'ils resteront, comme des cons, coincés dans leur cocon. Je ne suis plus de celles qui se laissent émouvoir par les spectres insidieux des possibles déboires. J'ai enterré leur sceptre, je suppose, en même temps qu'une rose...

Qu'avons-nous oublié pour faire de ces fantômes les maîtres du royaume ? Il suffirait d'un rien, d'un petit grain de sable, d'un virus malin. Mais que diable attendons-nous pour les mettre à genoux ? Quand cesserons-nous de croire à leurs sales histoires, à toutes ces bêtises que nous disent nos petites cellules grises ? Quand ferons-nous confiance à notre ignorance pour entrer dans la danse où d'un pas de côté... elle disparaît ?
À jouer au plus fin avec l'indicible, à la fin nous perdons nos moyens sur l'incompréhensible. Pourtant, nous la sentons bien, au fond de notre âme, l'élégance qui se trame. Nous savons tout, surtout, et sur à peu près tout. Mais nous n'avons accès à cette connaissance que par intermittence. Quand la pieuvre pensée, par un instant de grâce, s'efface. Il est peut-être temps de retrouver les plans de cette connexion. De calmer enfin cette frénésie de pensées

et d'actions qui nous anesthésie à l'endroit où le monde est notre création. Retourner un peu… à la maison. Dieu que c'est bon ! Par une mère aimante on se sent accueilli. Notre conscience brusquement se relie à sa portion géante, celle qui a fait son nid… de l'infini. Voilà que l'harmonie d'un seul coup se rappelle qu'il y a une place à prendre dans le ciel de vos jours. Le petit habitant couvé au fond du cœur comprend qu'il est bien temps de s'ouvrir à l'amour. Un petit facteur à plumes enfile son costume et distribue ses lettres dans tout votre être. Puis il s'envole avec votre courrier. Et vous correspondez avec le monde entier.

Tu as trouvé le paradis, mon chéri. Mais ici aussi c'est joli, tu sais. Depuis que la vie se plaît à mon endroit, et que par toi j'ai tant appris. Depuis que j'accepte enfin sans me plaindre de rendre à l'univers sa part de mystère. Je n'ai plus rien à craindre entre ses bras ouverts. Nous sommes l'un à l'autre d'un amour éperdu. Nous sommes l'un par l'autre comblés et confondus. Il est mon énergie. Je suis aussi la sienne. Surtout je suis sa reine lorsqu'à genoux je tombe et qu'enfin je succombe… à sa magie !

« Tu ne sais pas qui je suis », m'as-tu dit juste avant de partir. Tu avais raison, je peux bien te le dire. C'était pas l'heure. Il a fallu que tu meures pour que s'éclaire de ma flamme la beauté de ton âme. Pardonne-moi, mon amour. Je n'étais qu'une femme… dans la nuit.

Le jour se lève, et je crève d'envie de tout recommencer. Mais je sais, au fond, que tout commence. Par cet instant de silence dans l'éternité où tu m'as invitée. Le passé ne sera jamais plus. Le futur ne viendra pas non plus. Mais dans l'éternel présent, je te trouve toujours. Car maintenant, *nous allons nous aimer longtemps mon amour*.

Nous passons notre vie

À chercher qui nous sommes

Dans le regard d'autrui,

Au secret d'une pomme,

Alors que tout est dit

Par le chant des lumières

Qui fait danser la vie

Sur nos grains de poussière.

Post-scriptum

Ce matin, il s'est passé entre mes pierres une chose extraordinaire. Le miracle que j'attendais n'a pas eu lieu. Mais ce qui est advenu de ma déconvenue est bien plus merveilleux. J'avais rendez-vous avec un oiseau. Il devait entrer par la petite fenêtre de ma chambre à coucher, venir me réveiller. Il était censé m'apporter une lettre de toi. Et comme il ne saurait plus sortir, j'ouvrirais la lettre en même temps que la grande fenêtre. Cette romance avait surgi comme une fable du champ incontrôlable de mon imaginaire pour atterrir sur la toute dernière page de cet ouvrage. C'était dans sa précédente version. Le piaf, en s'échappant du paragraphe, avait laissé un message dans ma cage thoracique. Il viendrait pour de bon. Petit vagabond providentiel, il apporterait du ciel le point final. Il s'introduirait dans la maison à une heure matinale, puis il emporterait sous son aile tout ce que mes consonnes ont séduit de voyelles. Pour les répandre ailleurs... Il est venu, l'oiseau. Chaque fois que j'ai cru ma tâche achevée, il s'est pointé. Il débarquait à grand bruit de battements d'ailes qui faisaient bondir mon cœur des profondeurs du sommeil. Il posait ses pattes délicates sur le rebord vertical de la petite fenêtre. Et puis il restait là, longuement, à me regarder de travers, d'un drôle d'air, en piaillant bruyamment. Tandis que moi, sous mon drap, je battais la chamade par cette sérénade, n'espérant qu'une chose : qu'il ose !

De toute mon âme, je le suppliais d'entrer.

Mais l'oiseau, de ma prière, n'avait que faire. Il repartait sans céder à mon invite, me laissant seule, et déconfite. Je me disais bien sûr qu'il était venu me dire, à s'enfuir, qu'il fallait encore écrire. Ce petit manège a bien dû se répéter cinq ou six fois ces derniers temps avec le même résultat : à chaque fois, j'ai compris pourquoi. Et je l'ai remercié de n'être pas entré. Grâce à lui, mon « Retour à la maison » avait été sauvé de l'à-peu-près. Hier soir, à court d'inspiration, je ne voyais vraiment plus rien à changer. Plus rien à ajouter.

« Demain, il rentrera. »

Cet événement hautement improbable, j'en avais acquis la certitude totalement déraisonnable, allait finir par se produire. Par le bonheur que j'en concevrais, de toutes mes douleurs il me délivrerait. De notre livre aussi.

Je l'attendais… comme le messie.

Mais voilà, ce matin, l'oiseau ne chantait plus. Je suis restée longtemps sur mon lit étendue, à l'attendre. Il n'est même pas venu caresser le montant de ma fenêtre ouverte. J'ai cru qu'il était temps d'oublier cette lettre.

Et puis j'ai ouvert les yeux. Et pour la première fois sur le mur du plafond, dans le dessin des taches où tout se confond, j'ai vu un visage me sourire. Ce bonhomme à moustache, rieur comme un charlot, était là depuis longtemps, forcément, à se moquer de mon aveuglement. C'était pourtant la première fois que je l'entendais : « Qu'as-tu donc besoin d'un messager ? Le facteur à plumes n'est-il pas sous ta plume déjà venu du ciel dessiner l'arc-en-ciel ? Tu as toutes les réponses au fond de toi, ma Tina. Les signes que tu reçois sont bien là pour t'aider à lire entre les lignes, mais par les yeux du cœur tu vois sans traducteur. »
Comme il avait raison ! Je savais bien au fond qu'il faudrait m'y remettre. Que notre livre, Hervé, n'était pas près de naître.
Quelques instants plus tard, sous l'injonction muette de ce drôle de prophète, j'affûtais mon regard. Et devinez ce que j'ai vu dans le plâtre tourmenté par le bruit des années ? Le crâne bécu d'un petit oiseau, perché là-haut. Il était donc là depuis longtemps, peut-être depuis toujours, ce long discours dont je m'apprête à me démettre contre une lettre. Il a fallu grandir pour savoir le dire. Apprendre à écouter ce qui ne peut se dire mais qu'on entend quand même au bruit du souvenir. Lâcher toutes mes vérités, jusqu'à ma volonté pour écrire ce poème. C'est cet abandon, je crois, qui m'a sauvée. Ce matin, je n'avais même plus la force de me lever. Mais c'était ton

cadeau, Hervé. Parce que j'ai vu l'oiseau, et j'ai entendu dans ma tête ce qu'il m'apportait dans son bec.
« Merci, mon amour. De toute mon âme, émue par la tienne, et par toutes tes peines en chemin de souffrance vers ta re-connaissance, je te remercie. De tout ce que tu as écrit sans même savoir d'où te venait cet art, je me suis réjoui.
Je sais ce que tu as souffert, ce que tu souffres encore par cette métamorphose qui a fait de ton corps le virtuose nécessaire à ce transfert. Tu étais d'accord pour en payer le prix. C'est pour ça, vois-tu, que l'on s'est choisi. On ne s'est pas plu. Seulement reconnu. Toutes nos misères répandues sur la terre sont issues de ce malentendu. On ne fait pas la route ensemble parce qu'on s'aime ! On avance côte à côte pour apprendre l'un de l'autre. On n'aime que soi-même, de toute manière, tant qu'on n'est qu'une graine. C'est quand on a germé qu'on peut enfin aimer toute la création, et faire à l'univers une déclaration. Maintenant j'ai compris ce que ton âme vient prendre de la mienne, et tout ce qu'elle me donne avant que je revienne.
Nous avons passé le gué des repentances, de toutes nos différences, pour ne laisser de vie qu'à ce qui nous unit. Ce seul récit, crois-moi, nous justifie.
Tu as cru en nous, malgré tout. Tu es restée debout jusqu'au bout, dans ce bain de boue que toutes tes douleurs ont abreuvé de peurs. Rien n'a pu l'empêcher.

Tu n'as jamais flanché. Sais-tu pourquoi ? Parce que tu crois en toi. C'est la seule offrande que les dieux nous demandent. Laisser passer le doute, en restant à l'écoute du cœur. Sur cette longue route, je suis ton serviteur.
J'ai tant reçu de toi, ma Tina. Je t'ai rebaptisée de ce joli prénom parce qu'il sied à mon nom, et donc aussi au tien, mon poussin, puisque tu vas choisir, dans un proche avenir, de le porter toujours. Par amour. Chaque fois qu'il reviendra vibrer à tes oreilles, dis-toi que je suis là pour suivre ton éveil.
Allez va ! Lève-toi ! Que chacun de tes pas laisse une empreinte d'or où fleurira la vie, par ma mort. Et quand tu seras prête, quand tu verras au ciel s'envoler cette lettre, distribue ce poème. Du moindre recoin de ton petit jardin jusqu'aux terres lointaines où tu paieras le prix de ce flot d'anathèmes, sème. Et surtout n'oublie pas : aime, ma chérie. Aime. Et tu seras guérie. »

Cela m'a pris presque dix ans d'écrire tout cela. Tous les jours j'ai repris mon ouvrage et le corrigeais à mesure que je grandissais et devenais plus sage. Hier soir, trois ans après l'histoire de ce Charlie Chaplin venu en éclaireur chasser ce dictateur qu'on prénommait Martine, je peaufinais encore la dernière page de mon dernier chapitre. Ce matin, je me suis réveillée avec cette pensée: «Il est peut-être temps de m'en séparer.»
Et je me suis levée pour écrire la dernière phrase qui venait d'arriver.

Une heure plus tard, je suis retournée dans ma chambre: un oiseau était là. Une seule fois dans ma vie cet événement s'était déjà produit. C'était il y a cinq ans. J'en avais conçu cette jolie fiction: le jour venu, l'oiseau viendrait prendre mon texte pour l'emporter ailleurs. Je l'avais presque oublié, ce rendez-vous final. Mais lui s'en souvenait, merveilleux animal… Il s'est tourné vers moi un instant. Et puis, dans un élan de grâce, il a fendu l'espace pour trouver la sortie. Il suffisait d'attendre…

Chère âme sœur,

Donne sans compter, en secret,
Tu recevras davantage.
C'est le plus grand secret
Que contiennent ces pages.

Veux-tu le vérifier ?
Choisis dans cet ouvrage
Une petite phrase que tu as appréciée
Au point de l'avoir crue à toi seul adressée.

Écris-la de ta main sur un papier volant,
Envoie-le aussitôt à celui qui l'attend,
Sans autre signature que le titre du livre
Avec son éditeur, afin qu'il puisse en suivre
Facilement la trace par cette dédicace.

Ils pourront grâce à toi aller un plus loin
Et dispenser ailleurs peut-être un peu de bien.
Garde bien le mystère quant à l'expéditeur
Les choses sont bien belles à n'avoir point d'auteur.

En même temps que ce geste où tu postes ta lettre
Formule une requête mais surtout sans omettre
De remercier la vie pour ce qu'elle va t'offrir.
Elle fera des miracles pour venir te servir.

Si tu es exaucé dès la première fois,
Va-t'en recommencer, le ciel t'écoutera
Sans doute aussi longtemps que tu le béniras
D'avoir reçu ces mots en cadeau.

Et moi je ne pars pas sans te laisser d'adresse.
Viens partager ta joie contre cette promesse.
tcristiani@gmail.com

Achevé d'imprimer en juin 2024
sur les presses de la Nouvelle Imprimerie Laballery
58500 Clamecy
Dépôt légal : juin 2024
N° d'impression : 406094

Imprimé en France

Conception graphique et mise en pages: Soft Office